살아 있다는 것은

가능성이다.

울 수 있다면

웃을 수도 있으리라는.

우리는 미화되었다

1판 1쇄 발행 2020년 11월 11일
1판 2쇄 발행 2020년 12월 2일

지은이 제페토
발행처 (주)수오서재
발행인 황은희 장건태
책임편집 마선영
편집 최민화 박세연
마케팅 이종문 황혜란
디자인 권미리
제작 제이오
주소 경기도 파주시 돌곶이길 170-2 (10883)
등록 2018년 10월 4일 (제406-2018-000114호)
전화 031)955-9790
팩스 031)946-9796
전자우편 info@suobooks.com
홈페이지 www.suobooks.com
ISBN 979-11-90382-27-4 (03810) 책값은 뒤표지에 있습니다.

이 도서의 국립중앙도서관 출판시도서목록(CIP)은 서지정보유통지원시스템 홈페이지
(http://seoji.nl.go.kr)와 국가자료공동목록시스템(http://www.nl.go.kr/kolisnet)에서
이용하실 수 있습니다. (CIP제어번호: CIP2020045090)

도서출판 수오서재守吾書齋는 내 마음의 중심을 지키는 책을 펴냅니다.

우리는 미화되었다

댓글시인
제페토

소풍 전날 밤 같은 시간이
우리를 견디게 한다

댓글 시집 《그 쇳물 쓰지 마라》를 출간한 지도 어느덧 4년이 지났다. 시 형식의 댓글을 쓰기 시작한 지 꼭 10년째 되는 해이기도 하다. 그동안 우리 사회는 크나큰 변화를 겪었다. 촛불을 든 연인원 천만 명의 시민이 국정농단 사태와 세월호 참사 등 실정의 책임을 물어 대통령 퇴진을 요구하였고, 마침내 탄핵을 끌어냈다. 정권 교체 이후 성사된 남북, 북미 간의 정상회담은 항구적 평화를 바라는 세계인의 이목을 끌었으나, 아쉽게 교착상태에 빠지고 말았다. 세월호 참사와 가습기 살균제 사건 진상 규명에 대한 기대가 너무 컸던 것일까? 정권이 바뀌었음에도 아직 이렇다 할 소식이 없다.

권력기관 개혁과 여성운동 이슈가 뉴스 면을 메우던 어느 날, 누구도 예상치 못한 정체불명의 바이러스가 세상에 나타났다. 준비되지 않은 세계는 우왕좌왕하며 팬데믹의 수렁에 빠졌고, 수많은 이들이 사랑하는 가족과 영원히 이별해야 했다. 이처럼 굵직한 이슈들 사이로 노동 약자의 억울한 죽음은 변함없이 줄을 이었다. 열악한 현장에서 속수무책 죽어간 김용균과 구의역의 김 군. 낙엽처럼 추락한 노동자들. 살인적인 업무와 모욕에 치여 세상을 등진 아파트 경비원 등 세상이 얼마나 나아졌나 돌아보면 실망스럽기 그지없다.

그렇다고 사건 사고, 갈등과 반목의 우울한 뉴스만 있는 것은 아니었다. 가령 한파 속에 잠든 떠돌이 개와 고양이에게 담요를 덮어 준 사람들의 선행이라든지, 치매로 기억을 잃은 후에도 매일 아내에게 청혼한 노인의 사연 등 평범한 일상의 소중함을 일깨우는 뉴스도 있었다. 나는 이처럼 마음을 흔드는 기사를 만날 때마다 무어라 말하고 싶은 충동을 느꼈고, 그 즉시 댓글 창을 열어 글을 쓰곤 했다.

댓글 쓰는 일 못지않게 다른 누리꾼들의 댓글을 읽었다. 댓글 창은 여론을 여과 없이 보여주는 떠들썩한 광장이요, 누구나 오가며 자유로이 의사 표현하는 저잣거리이자 담벼락이기 때문이다. 누리꾼은 댓글을 씀으로써 공동체 일원임을 과시하고, 집단에 매몰되어 있던 자신의 존재를 또렷이 확인하게 된다. 이처럼 인터넷 뉴스는 종이신문이 가진 일방성과 달리 댓글을 통해 언제 어디서든 누리꾼과 기자, 누리꾼과 누리꾼 간의 실시간 소통을 가능케 하였다. 댓글 시스템이 우리 사회에 미친 긍정적 영향력을 결코 과소평가해서는 안 될 것이다.

그러나 익명으로 작성되는 댓글의 속성상 순기능만 있지는 않아서, 몇몇 권력기관과 민간조직이 불온한 목적으로 악용하였고, 그 중 일부만이 처벌받았다. 불량한 소수의 누리꾼 또한 누군가를 비난, 음해, 모욕, 조롱하는 악성 댓글을 써댔다. 이들은 익명의 가면 뒤에 숨어 끊임없이 언어폭력을 가했고, 끝내 마음이 여린 사람들을 죽음으로 내몰았다. 댓글은 인터넷 뉴스뿐만 아니라 소셜미디어, 유튜브, 블로그, 카페, 온라인 커뮤니티에서 가공할 위력을 보이고 있지만, 그에 상응하는 자정 능력은 기대에 미치지 못하고 있다. 결국 국내 포털사이트는 연예, 스포츠 뉴스의 댓글 창을 없애는 극단적 조치를 단행했다.

댓글의 부작용을 오랫동안 지켜본 탓일까. 뉴스를 읽고 거침없이 글을 써 올렸던 과거와 달리 비판적인 시각으로 자기 검열하기 시작했다. 내게 있어 댓글은 손쉬운 유희가 아닌, 무거운 책임을 져야 할 목소리가 된 셈이다. 나는 지난 책의 서문에서, 풍선을 더듬는 바늘의 위로와 모서리를 둥글게 깎는 목수의 마음을 언급한 바 있다. 하지만 번번이 뾰족하고 까끌거린 것만 같아 부끄럽기 짝이 없다. 말(글)은 가시 돋친 생명체다. 밖으로 내보내기에 앞서 구부리고 깎고 표면을 다듬지 않으면 필경 누군가를 다치게 한다. 비록 나의 글쓰기가 선한 댓글 쓰기 운동의 일환은 아니지만, 댓글이 미칠 영향을 생각하며 매 순간 조심하는 이유다.

하루 동안 생산되는 뉴스의 양은 우리의 상상을 넘어선다. 어지간한 이슈가 아니면 하루 이틀 사이에 잊히고 만다. 이 책에 나란히 실린 기사와 댓글을 통해 세상에 어떤 일이 있었는지, 이후에 어떤 변화가 있었는지, 미래는 어떠해야 하는지 반추하고 고민하는 시간이 되기를 바란다.

소풍 전날 밤 같은 시간이
우리를 견디게 한다.

2020년 가을 제페토

차례

2부

우리는 미화되었다

2018 ~ 2020

3부

그리운 것은 다들 멀리에 있다

1부

2015
~2018

남아나지 않는 인연이 섧다

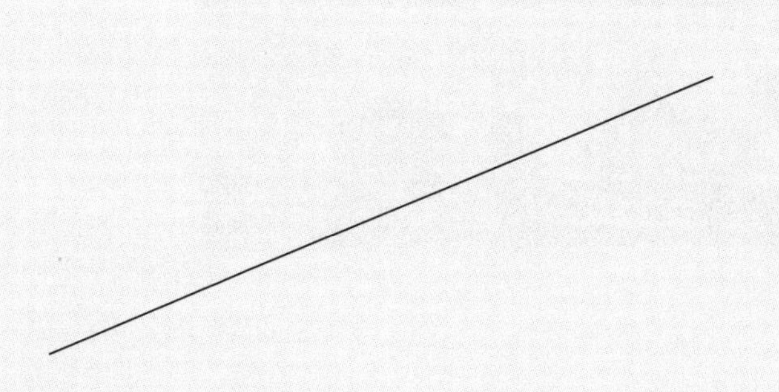

눈물만… 짧은 만남, 또 기약 없는 이별

제21차 이산가족 상봉행사 1회차 마지막 날인 22일 오후, 금강산호텔에서 열린 작별상봉이 끝난 뒤 남측 이금섬(92) 할머니가 배웅하는 북측 아들 리상철(71) 씨에게 손을 흔들고 있다.

2018.08.22.

매미의 계절에
사람이 운다.
철근처럼 뚝, 잘라 건넨 약속을
누이는 챙겨갔을까.

이제부터는 남북으로 낸 창에 기대어
각자 울어야 한다.
가슴속 허기를 달래기 위해
눈물을 삼켜야 한다.

너무 늙어버린 얼굴과,
차창 밖에서 휘청인
가여운 손을 떠올리며
물배가 찰 때까지

〈아득한 작별〉

우주 속의 보석상자… 별들의 불꽃놀이 포착

심연의 우주 속에 숨겨진 보석상자가 한꺼번에 열린듯한 환상적인 성운星雲의 모습이 공개됐다. 지난 3일(현지시간) 미 항공우주국 *NASA*은 수많은 별이 태어나는 '별들의 고향' 모습을 홈페이지에 공개했다. 사진 속 중심에 별들이 빼곡히 모여 빛나는 지역이 성단 'NGC 3603'이다.

지구에서 약 2만 광년 떨어진 용골자리에 있는 NGC 3603은 우리 은하계에서 가장 많은 별이 탄생하는 지역으로 유명하다. 이 중심에는 우리의 태양보다 질량이 큰 수천 개의 어린 별들이 존재하며 별들이 빽빽이 모여 있는 것으로 정평이 나 있다.

지난 2009년 8월과 12월 허블 우주 망원경이 촬영한 사진을 이번에 공개한 이유는 미국의 독립기념일인 7월 4일을 기념하기 위한 것이다. 이날 미 전역에서는 성대한 불꽃놀이가 열리는데 NASA는 이 사진에 '천체의 불꽃놀이*Burst of Celestial Fireworks*'라는 제목을 달았다.

서울신문 2018.07.04.

오늘도 이곳에서는 싸움이 있었습니다.
출몰한 이래로 우리는
거의 모든 시간 동안 다투고 있습니다.

상처를 핥으며 도피처 삼던 별들도
예전만 못합니다.
거기는 거기대로 무섭게 불타고 있음을
알게 되었으니까요.
혹시 대책이 있습니까?

이곳에서는 그렇습니다.
적당한 여유만 주어진다면
다들 사랑에 몰두하리라는 것을.

당분간 이 문제만으로도 복잡하니
별들은 알아서 하십시오.

〈상처를 핥는 밤〉

전국 소상공인들 빗속 대규모 집회… “최저임금 생존 위협”

전국 소상공인들이 29일 서울 광화문광장에서 대규모 집회를 열고 최저임금 제도 개선을 촉구했다.

이들은 “경기가 살아나지 않고 있는 가운데 월급을 주는 직접 당사자인 소상공인들의 절규를 외면한 채 일방적으로 결정된 2019년도 최저임금안을 수용하기 어렵다”고 밝히며, 2019년도 최저임금 위원회 사용자 위원 50% 소상공인 대표 보장, 주휴수당 관련 고용노동부 최저임금법 시행령 개정안 전면 재검토, 5인 미만 사업장 규모별 소상공인 업종 최저임금 차등화 적용 방안 마련, 대통령 직속 소상공인·자영업 경쟁력 강화 특별위원회 설치 등을 요구했다.

제갈창균 한국외식업중앙회 회장은 “대한민국에서 소상공인, 자영업자, 공무원, 근로자 모두 동업자”라며 “소상공인과 자영업자만 고통 분담의 짐을 지는 것은 지극히 모순”이라고 주장했다. 이어 “저임금 근로자를 위한 최저임금 인상이 영세 자영업자를 궤멸시키고 있다”고 성토했다.

2018.08.29.

저렴하게 팔리는 노동.

값싸고 요긴한 처지들.

인류 문명은

사람을 먹는 대신

부리는 편이 배부르다는 걸

알아채는 데에서 시작됐으리라.

그러니 핼쑥해진 김씨의 살은

어디로 사라졌겠는가.

회장님은 얼버무리고

건물주는 엄살을 부리고

사장님은 화풀이를 하고

헝그리 정신 맛 들인 자들에게

오늘도 사람은

싸게 먹힌다.

〈저렴한 사람들〉

“편히 쉬렴”… 친부 손에 숨진 아기, 형사들이 장례

지난 4일 오전 5시 50분께 경기도 시흥시 한 병원에서 생후 12개월 된 아기가 숨졌다. 경찰 조사 결과 지난달 30일 친부(31)의 무자비한 폭행으로 복부 장기가 파열돼 5일 동안 앓다가 숨진 것으로 드러났다. 경찰은 친부에 대해 아동학대치사 혐의로 구속영장을 신청했고, 친모(22)에 대해선 아동복지법 위반(방임) 혐의로 불구속 입건해 수사하고 있다.

친모가 불구속 상태이긴 하지만 아들 장례를 치를 만한 돈도 없을 정도로 경제 사정이 열악하고, 부부 모두 학창시절 가출해 부모와 인연을 아예 끊고 살아오다가 2012년 만나 사실상 혼인관계를 유지해온 터라 아기의 장례를 치러줄 사람은 아무도 없었다.

이에 경찰은 숨진 아기의 딱한 사정에 마지막 가는 길이나마 동행하기로 하고 장례를 치러줬다. 경찰은 범죄피해자지원센터의 협조를 얻어 아기의 장례비 200여만 원으로 6일 오전 시흥 한 병원에서 시신을 입관하고, 인천 한 화장장에서 화장했다.

2017.04.06.

먼 곳에서 날아와
이승에 발끝 적시고 날아간 새.

다시 오는 날에
세상이 있을지 모르겠다.

남아나지 않는
인연이 섧다.

〈작은 새〉

두 할머니 떠나보낸 다음 날 열린 수요 집회

제1231차 정기 수요 집회가 지난 17일 별세한 일본군 '위안부' 피해자 고 이수단 할머니와 공점엽 할머니를 추모하며 엄숙한 분위기 속에서 진행됐다.

한국정신대문제대책협의회가 주최하는 일본군 '위안부' 문제해결을 위한 정기 수요 집회가 18일 오후 12시께 서울 종로구 주한 일본대사관 앞에서 열렸다. 이날 수요 집회는 두 할머니를 기리는 묵념으로 시작됐다.

제14차 일본군 '위안부' 문제해결을 위한 아시아연대회의에 참석하기 위해 한국을 방문한 동티모르 출신 티모르 이네스 할머니와 또 다른 일본군 '위안부' 피해자인 이용수 할머니도 자리에 함께했다. 이용수 할머니는 집회가 끝난 뒤 두 할머니 영정 사진을 어루만지며 "좋은 곳으로 가시라"며 별세한 할머니들을 추모했다.

2016.05.18.

잊지 마세나.

소녀는 세월을 이기지 못했지만

상주처럼 남은 설움이야

늙을 리 있겠나.

모르긴 해도 백세 천세

장수할 것이네.

잊지 마세나.

트럭에 실려간 여자아이가

어떻게 살다 갔는지.

〈소녀와 수요일〉

둑길 따라 핀 붉은 개양귀비

ⓒ김영경

포토친구 2016.05.26.

그런 생각이 들어.
봄부터 피어나
대지를 뒤덮는 저 꽃들이
실은 여름을 시작하기에 앞서
지난겨울 낙오한
작은 목숨들에게 바치는
조화가 아닐까 하는.

저것 봐.
사람이 꽃 앞에 선다.
허리를 숙인다.
무릎을 굽힌다.

나만 빼고 세상은
도리를 다하고 있었구나.
고맙다.
이제 여름을 시작해도 좋아.

〈봄의 도리〉

불볕더위에 아지랑이 피어올라

서울 낮 기온이 30도까지 오르는 등 전국 대부분에 무더위가 이어지고 있는 1일 오후 서울 여의도 도로 아스팔트에 지열로 인한 아지랑이가 피어오르고 있다.

2018.06.01.

찌는 봄낮에
고개를 넘어
너는 내게 오기로 했다.

나는 매처럼 기다린다.

잠수함처럼 부상하는
너의 정수리
너의 이마
너의 눈
눈빛

우리는 여기까지구나.
너는 흔들리고 있다!

〈아지랑이〉

철창 속에서 죽을 날만 기다리는 반달가슴곰

한 사육곰 농장에서 반달가슴곰이 철창 밖을 응시하고 있습니다. 18일 녹색연합에 따르면 지난해 11월 기준 전국 사육곰 농가 34곳에 남아 있는 곰은 628마리. 도축이 허용된 열 살 이상 곰은 400여 마리가 넘습니다. 제대로 먹지도 못하고 비좁고 더러운 공간에서 언제 있을지 모를 웅담 채취를 위해 생명을 연장하고 있는 사육곰들이 대다수입니다. 스트레스를 이기지 못해 제자리를 빙빙 돌기도 하고 털이 다 빠지기도, 다리가 잘려나가기도 했습니다.

1981년 정부가 곰 사육을 적극 장려했습니다. 살아 있는 곰의 쓸개즙을 빼낼 정도로 과열됐습니다. 하지만 동물 보호 인식이 강해지고 웅담 소비를 향한 비난이 심해지면서 웅담의 인기는 완전히 퇴색했습니다. 돈이 되지 않으니 사육곰들은 방치되고 있습니다. 농가들은 사업을 접겠다며 보상금을 요구하지만, 정부는 지급 근거가 없다는 입장입니다. 그러는 동안 웅담을 채취하는 목적으로 살아남아 있는 반달가슴곰 540여 마리는 여전히 쇠창살에 갇힌 채, 죽어야만 철창을 나올 수 있습니다.

2018.05.19

뙤약볕 속에서 너는 철창 속에 있다.
눈보라 속에서 너는 철창 속에 있다.
퇴근길이 밀리는 동안 너는 철창 속에 있다.
애인을 기다리는 동안 너는 철창 속에 있다.
드라마를 보는 동안 너는 철창 속에 있다.
노래방 시간을 연장하는 동안 너는 철창 속에 있다.
민주주의 사회가 되고 너는 철창 속에 있다.
꽃으로도 사람을 때리지 말아야지, 하는 동안
너는 철창 속에 있다.

빙빙 돌아봐라.

발이 잘려봐라.

너는 철창 속에 있다.

죽기 전에는.

〈곰과 철창〉

청년은 대인관계, 중장년층은 돈, 노인은 건강 때문에 자살을 택했다

28세 남성 A씨는 어릴 때부터 술만 먹으면 폭언·폭행을 일삼는 아버지 때문에 스트레스를 받았다. 대학교를 졸업한 뒤에는 취업에 실패하면서 어머니와도 싸우는 일이 잦아졌다. A씨는 아예 일자리 찾기를 포기하고 컴퓨터를 하며 시간을 보냈다. 그러던 어느 날, 술에 취한 아버지가 "밥값도 못 하는 한심한 놈"이라고 나무라자 A씨는 주먹을 휘둘렀고 경찰 조사까지 받았다. 경찰서를 나오자마자 부모님에게 "자식 노릇 못 해 죄송하다"는 문자 메시지만 남긴 채 사라졌고 다음 날 숨진 채 발견됐다.

A씨처럼 스스로 목숨을 끊는 사람은 해마다 1만 3,000명 안팎이다. 이들이 극단적인 선택을 하면 남은 이들은 대부분 '왜 미리 알지 못했을까'라는 죄책감이 든다. 그런데 자살로 숨진 사람 10명 중 9명 이상은 주변에 자살 경고 신호를 미리 보낸 것으로 나타났다. 청년은 대인관계, 중장년층은 돈, 노인은 건강 때문에 힘들어하는 경우가 많았다. 자살로 숨진 사람의 92%는 사망 전에 미리 자살 징후를 드러내는 경고 신호를 보냈다. "죽고 싶다"고 말하거나 우울감을 호소하고 신변 정리를 미리 하는 식이다. 어느 날 갑자기 숨졌다기보다는 주변에 미리 자살할 수 있다는 '사인'을 보냈다는 의미다.

중앙일보 2018.05.03.

죽음의 경계를 지키는 초병이 되어
마음이 여린 신의 명을
받들 수 있다면.

허술한 담장을 넘나들며
번개탄을 치우고
밧줄을 숨기고
옥상 문을 잠그고
낯빛이 불안한 이들을
내쫓을 수 있다면.

세상은 언제나 해가 붉은 오후 여섯 시.
눈뜨면 다시 감고픈 이곳에서
내 머무는 동안 누구라도 함께
불안한 밤을 지켜낼 수 있다면.

늦은 아침에 아무도
발견되지 않기를 바라면서.

〈할 수 있다면〉

5월 국화도 소경

봄에서 여름으로 가는 길목에 경기 화성시에 위치한 국화도를 다녀왔습니다. 가족 또는 친구들이 국화도 바닷가에서 조개 채취와 낚시하는 모습이 많이 보였습니다. 많은 사람이 반가운지 갈매기들도 활기가 넘칩니다.

ⓒ박노희

포토친구 2018.05.30.

바다이고 싶다.

부둣가를 서성이다가

따분한 얼굴로 돌아서는 이들을 위해

보여주고 싶다.

수평선에서부터 높은 파고로 밀려오는

파도의 행진을 보여주고 싶다.

줄지어 갯바위에 몸을 던져

산산이 부서지는 모습을

보여주고 싶다.

활달한 사내들이 말없이 바라보다가

횟집에서 취하는 까닭을

알려주고 싶다.

섬으로 가는 편도 여객선을 탄다면

나는 뒤척이지 않는 잠을 청하련다.

이따금 느린 배의 뒷전을

가볍게 밀어주면서.

〈국화도〉

강제징용노동자상 철거 임박, 지게차 대기

부산 일본총영사관 인근 인도 한복판에 세워져 있는 강제징용노동자상에 대해 관할 지자체가 오는 31일 행정대집행을 예고하며, 지게차를 대기시켰다. 이에 경찰과 시민단체가 또다시 충돌을 빚지 않을까 우려가 커지고 있다.

경찰은 경비 병력을 증원해 노동자상 주변을 겹겹이 에워싸고 있으며 부산 노동자상건립특위는 강제철거 예고에 반발하는 농성에 들어갔다.

부산 동구청은 “정부 방침에 따라 일본 영사관 앞에 강제징용노동자상을 두는 것은 불가능하다”며 강제철거에는 동구와 부산시 공무원 40여 명을 투입할 계획이라 밝혔다.

전국공무원노조 부산지역본부는 기자회견을 열어 노동자상 철거에 공무원을 동원하지 말 것을 요구하며 “공무원들을 소녀상 때처럼 강제철거에 동원하면 단호히 대응하겠다”고 경고했다.

2018.05.30.

지지가 실리지 않는 세계는

가볍게 들린다.

지지를 실어주자.

기중기가 와도 어림없을

천만 근쯤 무거운.

〈지지의 무게〉

“친구 간 평범한 일상처럼, 남북은 이렇게 만나야”

문재인 대통령은 27일 “김정은 북한 국무위원장은 판문점 선언에 이어 다시 한번 한반도의 완전한 비핵화 의지를 분명히 했으며, 북미정상회담의 성공을 통해 전쟁과 대립의 역사를 청산하고 평화와 번영을 위해 협력하겠다는 의사를 피력했다”고 밝혔다.

4.27 정상회담 이후 한 달 만에 이뤄진 이번 정상회담은 김정은 위원장의 요청으로 전격적으로 단행됐다. 문 대통령은 “오랫동안 저는 정상 간의 정례적인 만남과 직접 소통을 강조해왔는데, 그런 의미에서 저는 지난 4월의 역사적인 판문점 회담 못지 않게, 친구 간의 평범한 일상처럼 이루어진 이번 회담에 매우 큰 의미를 부여하고 싶다. 남북은 이렇게 만나야 한다는 것이 제 생각”이라고 강조했다.

2018.05.27.

맨손으로 어떻게 철사를 끊는가

구부리고

구부리고

또 구부리고

뜨거워지고

맨손으로 어떻게 철조망을 끊는가

구부리고

구부리고

또 구부리고

툭, 끊어지고

맨손으로 어떻게 통일하는가

눈매를 구부리고

구부리고

또 구부리고

만나고

손잡고

노래하고

끌어안고

툭, 터지고

〈멈출 수 없는 꿈〉

“나는 5·18 가해자입니다” 그 말이 그렇게 어렵습니까?

한승원의 소설《어둠꽃》에는 공수부대원 출신 남자가 나옵니다. 그는 제대 후 광주의 경험을 입 밖으로 꺼내지 않습니다. 사람들에게 밟혀 죽을 것 같단 생각이 들기 때문입니다. 그는 속으로만 말합니다. ‘죽어도 내가 이 도회를 얼룩무늬 옷 입고 들어온 일에 대해서는 발설하지 않아야만 한다. 내가 왜 발설을 해? 나 죽으려고 발설을 해?’

5·18 민주화 운동이 일어난 지 38년이 지났습니다. 하지만 학살을 지시하고, 학살을 집행한 이가 누군지 명확하게 밝혀지지 않았습니다. ‘발포 명령’, ‘헬기 사격’, ‘암매장지와 행방불명자’ 문제는 미궁 속에 있습니다. 전두환·노태우 전 대통령은 유죄 선고와 사면을 받았습니다만, 이들의 윤리적인 문제까지 해결되진 않았습니다.

학살을 가했던 이들에 대한 책임 구분도 모호합니다. 이들에 대한 조사가 제대로 진행된 적이 없기 때문입니다. 직업 군인과 의무복무한 병사에게 동일한 책임을 물을 것인지, 적극적으로 학살에 나선 자와 소극적으로 나선 이들을 분리할 수 있을 것인지 하는 등의 문제도 있습니다. 5·18 가해자 문제, 어떻게 봐야 할까요.

경향신문 2018.05.18.

오래전 총구를 떠난 탄두가
여태껏 날고 있다지

쏜 놈과
쏘라고 한 놈은
고로코롬 사람을 죽여놓고서
잠이 왔을까

비열함을 베개 삼고
거짓말을 이불 삼아
두 발 뻗고 잘 수 있을까

이제라도 본인은,
그 본인은
자백을 할까
죽어버릴까

어쩔까

〈본인은〉

노란 꽃물결

금계국 꽃물결 일렁이는 부산 오륙도의 들판에 향긋한 노란 바람이 코끝을 스치고 갑니다. 노란 물결 일렁이는 들판에서 아쉬워하며 떠나가는 봄을 느껴 봅니다.

ⓒ최계영

포토친구 2018.05.23.

꽃이 핀 것이
우발적이었을까?
한 송이도 아닌 천만 송이가
때맞추어 핀 것이
우발적이었을까?

사뿟사뿟 돋아나
살랑살랑 흔들리다가
어느새 들녘을 장악한 일이
과연 우발적이었을까?

때가 되면 알 일이다.
잠 깨어 있으면 알 일이다.

〈꽃바다〉

수색 중 가방 발견

미수습자 9명에 대한 세월호 선내 수색 작업 나흘째인 21일 오후 목포신항 철재부두에서 현장수습본부 관계자들이 선내 수색 중 발견한 가방을 확인하고 있다.

2017.04.21.

세상이 기울고 안개처럼 수상한 날
살아 있는 사람을 향해
해서는 안 될 말이 있었다.
뒤늦게 건져 올린 배에는 큰 상처가 있어
과연 순진한 우리의 사랑이
지금껏 시키는 대로 자리를 지키고 있을지
모르겠다.
한동안 뭍을 쓸어간 야만스러운 물살과
상주 면전에서 피자를 씹어 삼키는 인정머리에 진저리 치며
썰물 따라 떠나간 건 아닌지
걱정이다.
어디로도 가지 않고 우리의 사랑이
거기 머물러 있기를 바라며
삼 년째 안개 같은 봄날
두 번 다시 듣고 싶지 않을 말을
해도 될는지

〈가만히 있으라〉

벼랑 끝 까치집, 도솔암

해남 달마산 끝자락에 조그마한 도솔암이라는 암자가 하나 있습니다. 벼랑 끝에 까치집같이 아슬아슬하게 매달려 있는 도솔암은 추노, 각시탈 등 드라마 촬영의 배경이 되었던 곳이기도 합니다. 운해와 어우러진 도솔암과 주변 바위의 모습들이 몽환적인 느낌을 줍니다.

ⓒ솔바람흰구름

포토친구 2018.05.02.

마음속
지경을 넓히고
기암을 돋우고
암자를 짓고
돌담을 두르고
안개를 피우고

윤회를 믿습니다만
부처여
거기에 계십니까?

〈도솔암〉

정 많은 한국인… 공감 능력 세계 6위

예부터 '한국인은 정情이 많다'는 말이 있다. 개인주의가 만연해지면서 정이 약해졌다는 말도 있지만, 한국인은 정이 많다는 통설이 연구 조사에서도 증명됐다.

미국 미시간주립대 연구진이 63개국 10만 4,365명을 대상으로 '공감 능력*Empathy*'을 조사한 결과 한국은 6위에 올랐다. 가장 공감 능력이 뛰어난 나라는 에콰도르가 선정되었고 그 뒤를 이어 사우디아라비아, 페루, 덴마크, 아랍에미리트가 이름을 올렸다.

이번 조사는 타인을 측은하게 여기는 정도와 다른 사람의 관점에서 보는 능력 등을 조사했다. 공감 능력 조사로서는 가장 종합적이고 세밀한 조사였다고 연구팀은 밝혔다. 조사는 온라인으로 이뤄졌으며 다양한 개인적 특성과 공감도는 물론 자원봉사나 기부 등 사회적 행동도 조사했다. 또한 연구팀은 공감 능력을 심리학적으로 다른 사람의 감정과 관점을 맞춰가는 경향이라고 규정했다.

2016.10.19.

종종 미담의 전면에 서는
따스한 털가죽의 뱀.
대학 동문이 집무실을 방문한 날도
뒤따라온 그는 나의 시린 목을 감싸주었다.
막무가내로 밀고 들어오는 허리를 끊지 못해
안절부절못할 때 그가 말했다.
좋은 게 좋은 것 아니겠수?

핀셋으로 공과 사를 분리해내는 데에 실패하고
감정과 이성 사이에서 전전긍긍할 때도 그는 말했다.
거 참 빡빡하게 사시네.

우물쭈물 대처하는 사이
놈은 넉살이 붙고 가죽은 질겨졌으며
미래의 발목을 붙잡았다.
투명한 사회에 그것은
각자의 집에서만 아름다워야 할
옛날식 짐승인데.

〈어쩌면 뱀일지도 몰라〉

고은 시인 '상습 성추행?'… 수원시도 당혹

고은 시인이 상습 성추행 논란에 빠지면서 경기 수원시가 당혹감을 감추지 못하고 있다. 수원시는 2013년 8월 안성시에서 20여 년을 거주한 고은 시인을 삼고초려 끝에 수원으로 모셔왔다. 편하게 작업에만 몰두할 수 있도록 장안구 상광교동 광교산 자락의 한 주택을 리모델링해 제공했다. 인문학 중심도시를 표방하는 수원시의 인문학 멘토로 고은 시인을 내세우며 대외적으로 문학 도시 이미지를 형성했다. 그러던 중 성추행 논란이 터진 것이다. 현재 수원시는 별다른 반응을 보이지 않고 있다. 시 관계자는 "이번 일은 개인에 관한 일이고 문인들과 문단 내 일이다"라며 "진행되는 추이를 지켜보고 있다"고 말했다.

2018.02.08.

껍질이 있는 것은 내부가 있다.
벗겨지면 아플 수밖에.

피가 배어나는 몸으로는
천사의 포옹도 두려울 터

함부로 다가가지 않을 때
비로소 개인의 영토는 보전된다.

국경선을 넘지 말 것.
경계병을 오판하지 말 것.

그녀는 지난날 총상을 입은 적 있어
지금껏 잠 못 이룰뿐더러
다쳐본 이의 무기란
전에 없이 사나운 법이니까.

〈서리〉

꽃과 나비

ⓒ윤정미

포토친구 2016.05.11.

하마의 영혼조차 가벼워지는

봄날 정오.

나른한 삶들은

봄볕이 일으킨 공기의 대류에

휩쓸려 사라졌고

만취한 노랑나비만이

체면을 접고 꽃잎에

발톱을 박았다.

미안해도 어쩌랴.

꿀이 있는 한

사랑도 끝낼 수 없는걸.

논 위로 추락하는 제비가

마지막까지 멋을 부렸다.

〈죽어도 좋아〉

나이 먹을수록 시간이 빨리 간다고 느낀다면

나이가 들수록 시간이 빨리 가는 것처럼 느낀 적 있으신가요? 30대는 30km, 40대는 40km라는 말이 있지요. 시간은 일정하게 흘러가지만 속도를 다르게 느끼게 되는 것, 특히 나이가 들수록 시간이 더 빨리 흐르는 것처럼 느끼는 현상을 '시간수축 효과'라고 합니다. 어렸을 때는 경험한 게 많지 않아 모든 것에 새로움을 느끼지만, 시간이 흐르면서 그 일들이 일상으로 변하면서 새로운 경험이 줄어들게 되는데요. 뇌는 흥미롭거나 충격적인 일은 오래 기억하지만 반대로 매일 반복되는 일에는 별다르게 반응하지 않습니다. 이렇게 별일 없이 지난 일들은 기억에서 쉽게 지워지지요. 이 때문에 나이가 들수록 시간이 빨리 흐르는 것처럼 느껴지는 것입니다.

2017.07.20

주름이 슬픈 당신
방법이 있다.
평생의 짝사랑이 청해온 주말 약속을
이십 년쯤 미루어보자.

그다음을 모르겠다.
시간이 갈지
어떨지

〈세월 늦추기〉

비 온 뒤 고개 내민 은하수

지난 주중 내린 비가 그친 뒤 맑은 날씨가 계속되고 있다. 20일 새벽 강원도 미시령 옛길에서 바라본 울산바위 위로 은하수가 보인다.

ⓒ데일리안

2018.05.20.

별빛은 모두 옛날이다.
우리의 추억도 그렇다.
잊는 것이 이별의 미덕이라지만
혜성처럼 오랜 주기로 돌아오는
그것을 어찌 막을 수 있을까.
이제는 억지를 부리기보다는
새로운 인연을 덮어씀으로
기억을 갱신해보자.
되돌아간들 불편할
추억은 모두 구식이니까.

〈추억의 연식〉

백남기 농민 적막한 고향집…

보성역 분향소에 100여 명 추모

고 백남기 농민의 10대에 걸친 집안의 터이자 노년 삶의 터전이었던 보성군 웅치면 부춘마을은 쓸쓸한 적막감만 감돌고 있다.

백남기 씨의 자택에는 사람이 오래 자리를 비운 탓에 마당 한쪽에는 잡초가 자라고 있었고, 거미줄이 곳곳에 걸린 툇마루에는 우편으로 배달된 농민신문과 각종 고지서가 수북이 먼지와 함께 쌓여 있었다. 툇마루에는 밭 농산물을 헤집고 다니는 멧돼지를 쫓느라 백씨가 밤새 치고 다니던 꽹과리가 덩그러니 놓여 있었다.

마을 주민이자 백씨 집안 친척인 이순금(90) 씨는 "정직하고 성실한 남기가 세상을 떠나버렸다"며 "이제 마을을 돌아다니는 멧돼지는 누가 쫓아주냐"며 고인을 그리워했다.

연합뉴스 2016.09.27.

추수철에 농부가 육신을 떠나는 건
서러운 일이다.

그의 일생을 알아보는 동안
나도 그처럼 사람일까를 생각했다.
이제는 안다.
그와 그의 벗들이 억수 같은 세월을 맞으며
먼 데서 오지 않는 세상을 빗맞히고 있을 때
물대포를 쏜 자들만은
출세를 명중시켰음을.

이따위 시대가 우리 얼굴에 쏟아부은 모욕을
당분간은 어쩔 수 없다 치더라도
그의 열리지 않는 입술에는
상세한 주석을 붙여야 마땅하다.
누가 나를 죽였는가 하는 물음과
시신을 손대려는 자들의 목적과
해도 너무하지 않은가 하는 원망의.

〈농부의 죽음〉

전봇대 장승

2017.05.31

백수야
술에 약한 나의 단골아
구토를 해라
원망을 해라

네가 아는 험한 욕을 해라
발길질을 해라
주먹질을 해라

온종일 맞아도
맷집 좋은 나는
너를 떠나지 않겠다

백수야
마음 약한 나의 친구야
다시 밤이다
와서 울어라

〈전봇대〉

[20대 총선] 오후 3시 투표율 46.5%… 19대 넘어설 듯

중앙선거관리위원회에 따르면 13일 오후 3시 현재 유권자 4,210만 398명 중 1,959만 3,538명이 투표해 투표율이 46.5%를 기록했다고 밝혔다. 2012년 19대 총선 당시 같은 시각 투표율은 41.9%였다. 이에 따라 중앙선거관리위원회는 이번 총선 최종 투표율이 19대 총선 투표율(54.2%)을 넘어선 57~58%로 내다보고 있다.

2016.04.13.

이마로 바위를 쪼는 사람이 있다.
환청 같은 비아냥 속에서도
멈추지 않는 사람이 있다.

전통처럼 계승되는 무기력을 이기고
옷소매를 잡아채는 비관을 뿌리치면서
할일을 하는 사람이 있다.

짐짓 덤덤한 얼굴로
말로는 속는 셈 친다면서도
기표하는 그의 뒤꿈치가
오래도록 들렸다.

눈물겨운 내 사랑.
내 사람들.

〈투표〉

봄 향기 느끼자, 꽃 맞이 걷기 여행길

따스한 봄이 성큼 다가왔다. 한국관광공사가 봄소식을 전해 주는 꽃길을 주제로 걷기여행길을 선정했다. 가족이나 연인·친구와 함께 추천 걷기여행길로 떠나보자.

– 산세 따라 걷는 길 뱅뱅이길(강원 정선군)

정선군 정선읍 병방산 우측에 위치한 뱅뱅이길은 1974년 동강 강변으로 통행할 수 있는 호박길(동강로)이 생기기 전까지는 귤암리 주민들이 정선 5일 장터에서 생필품과 비료, 시멘트 등 공산품을 운반했던 지역주민들의 유일한 생명의 길이었다.

이 길은 병방산 허리를 가로질러 오르는 고갯길로 경사를 낮추기 위해 36굽이 뱅글뱅글 돌아 통행했기에 '뱅뱅이재'라고 불린다. 깎아지는 듯한 산세를 따라 뱅뱅 돌아가는 옛길을 따라가면 할미꽃 자생지가 있는 동강변 할미꽃마을에 이르게 된다. 할미꽃은 3월 하순에 만개하는 야생화다.

뉴시스 2016.03.28.

길은
길에 관한 가장 합리적인 설명

강은
강에 관한 가장 아름다운 설명

가서 들어봐야겠다
어째서 길은 그렇게 선명한 것인지
어째서 강은 그렇게 휘도는 것인지

〈길 그리고 강〉

가족도, 주민도 몰랐던 20대 고독사…, 보름 만에 발견

지난 15일 장애아동 언어치료사로 일하던 황모 씨(29·여)의 시신이 고시원에서 숨진 지 보름 만에 발견됐다. 황모 씨는 그동안 청각장애아동들을 위한 언어치료사로 일했지만, 일정한 소속이 없어 수입이 변변치 않았다. 고시원 월세가 밀린 지는 두 달이 넘었고, 휴대폰도 끊긴 지 오래였다. 지방에 사는 아버지와는 10월 말 마지막 통화 후 가족과 따로 연락하지 않았다. 같은 건물에 60여 가구가 살고 있지만, 주민들과 왕래도 거의 없었던 것으로 알려졌다. 생활고와 외로움이란 이중고에 시달렸다. 지난 15일에도 건물 관리인이 밀린 월세 때문에 황씨를 찾았다가 시신을 발견해 신고했다.

오랜 기간 방치된 결과 부패 정도가 심했기 때문에 사인은 2주 후에나 밝혀질 것으로 보인다. 방 안에 유서는 발견되지 않았다.

2015.12.17.

기다려줘요

조금 더 머물러줘요

고시원 뒤편에 국화를 놓고픈데

거기가 어딘지

우리는 아는 것이 없네요

볕이 들지 않는 거기서

꽃잎은 얼어

시들지 않을 텐데

먼지 앉으면 어때요

겨우내 눈 맞으며

내내 하얄걸

기다려줘요

조금만 더 늦게 떠나요

새 꽃이 조문 오는

이른 봄까지

〈때늦은 배웅〉

푸른 보리밭

경기도 양평군 강상면을 지나며 만난
초록이 싱그러운 오월 보리밭.
알알이 영글어가는 보리알도 예쁩니다.
흔들리는 초록이 시원합니다.

ⓒ 책과 노니는 여자

포토친구 2018.05.21.

산비탈 보리밭.
그것은 누군가가 떼어온
바다 한 조각.

거긴 비좁고 그늘져 곡식이 안 될 텐데
어쩌려고 보릴 심궜데?

영삼이는 서둘러 떠난 아비의
반절쯤 되는 나이에
청보리 같은 사내아이를 낳았다.

인천에 산댔지?
지금은 살 만하니?
너는 잘됐으면 좋겠다.

유년시절 그 보리밭
지금도 일렁이려나.

〈오월의 보리밭〉

'눈물바다'로 변한 작별상봉장… 또다시 이별

"어머니, 어머니, 울지 말라요. 울지 말아요. 우리 행복해요. 울지 말라요."

26일 금강산호텔에서 2박 3일 상봉행사의 마지막 일정인 작별상봉에 나선 북측 리미렬(70) 씨는 남측의 시어머니 이금석(93) 씨에게 이렇게 말했다. 이금설 할머니가 상봉장에서 말없이 눈물만 줄줄 쏟아내고 있었기 때문이다. 6·25전쟁 통에 헤어진 이금석 할머니의 북측 아들 한송일(74) 씨도 곁을 지킨 채 애통해했다.

'오대양호' 납북 어부인 아들 정건목(64) 씨와 기약 없는 이별을 앞둔 이복순(88) 씨 역시 계속 눈물을 흘렸다. 대기 중이던 의료진이 걱정돼 다가가 상태를 살펴보기도 했다. 만남의 징표를 남기기 위해 곳곳에서 선물을 주고받는 모습도 보였다.

2시간에 불과한 상봉이 "작별상봉을 끝마치겠습니다"라는 북측의 안내방송과 함께 끝나자 울음은 결국 오열로 변했다. 특히 북측 가족들을 남겨둔 채 버스에 오르는 남쪽 가족들은 쉽사리 발걸음을 옮기지 못했다.

2015.10.26.

세상이 뒤집히는 날

통일은 온다.

하늘이 땅 되고

땅이 하늘 되는

그런 날.

이제 우리는 파랗게 물든 맨발로

허락 없이 철조망을 넘을 것이다.

그날에

억센 사투리 쓰는 사람들아 오라.

꽃제비야 오라.

뒹굴며 울어도 남모를

비구름 숲에서 만나자.

〈먼 날의 상봉〉

조용기 목사 600억 횡령 혐의 또 피소

지난해 교회에 131억 원의 손해를 끼친 혐의 등으로 기소돼 집행유예를 선고받았던 조용기(79) 서울 여의도 순복음교회 원로목사가 600억 원을 횡령한 혐의 등으로 또다시 피소됐다.

9일 서울서부지검 및 여의도순복음교회 교회바로세우기 장로기도모임에 따르면 기도모임 소속 장로 30명은 조 목사가 특별선교비 600억 원을 횡령하고 퇴직금 200억 원을 부당 수령했다며 지난 10월 26일 서부지검에 고발장을 제출했다.

장로기도모임은 2013년 조용기 목사가 해외선교 등을 목적으로 교회 예산 중 일부를 배정해놓은 특별선교비를 2004~2008년 연간 120억 원씩 총 600억 원을 수령했으나 사용처가 불분명하다고 폭로한 바 있다. 또 조 목사가 퇴직금 200억 원을 부당 수령했다고 주장했다. 장로기도모임의 한 관계자는 "조 목사는 아직도 교회에서 월급을 받으면서 교회를 좌지우지하고 있다"며 "이번에 고발한 내용은 빙산의 일각으로 조 목사가 자리에서 물러나지 않는다면 추가 고발을 할 것"이라고 말했다.

2015.12.10.

성난 군중 앞에서

신이 있노라 외치는 일

그것은 두려움이 못 하는 일

그것은 용기가 하는 일

매디슨 카운티의 다리를 간단히 넓히고

사이에 소프라노처럼 높다란 에펠탑을 세우는 일

이 또한 용기가 하는 일

모두가 아니오, 할 때

예, 할 수 있는

용기

그러니 콩알만 한 간은 가라

유다의 후회도 가라

싸움을 각오한 용기란 때때로 더럽고

때때로 거짓말하는 일

여하튼 용기는 용기를 낳고

빼닮은 아이는 용기 있는 자가 됐고

이 또한 그럴 수 있는 일

하여 지옥의 지 자만 들어도 다리를 떠는 바보들만이

용기 있는 세상만을 사랑하며

오래오래 다쳐갔다

〈용기에 대하여〉

고 백남기 농민, 광주 금남로에서 농민 노제 열려

6일 오후 광주 동구 금남로에서는 고 백남기 농민 노제가 열렸다. 유가족, 시민단체, 광주시민들이 금남로를 가득 메우고 지난해 11월 14일 살인적인 물대포에 쓰러져 317일간의 사투 끝에 사망한 고인의 영면을 기원하며 노제를 치렀다.

2016.11.06.

물질로 이루어진 세계에서

그는 참으로 고생이 많았다

우리에겐 울다 만 육체가 많으니

쟁기를 놓은 농부를 위해

사랑받은 어깨들이여

봄날 논물처럼 일렁이기를

때마침 바람이 불면

힘들이지 말고

노 저어 가시기를

〈노제〉

무섬 외나무다리

경북 영주 무섬 외나무다리에서 추억을 담고 있는 사람들.

ⓒ大井

포토친구 2018.05.30.

형편의 9할은 외로움.

원수라도 사랑하고픈 지금은
세상에 사랑하지 못할 이가 없다.

나만큼 오랜 세월
외로움에 부역하고 돌아오는 이여.

외나무다리에서 만나자.

〈외나무다리〉

‘박근혜 퇴진’ 피켓 든 영석 엄마

1일 오전 서울 광화문광장에서 ‘박근혜 퇴진 촉구’ 시국 선언에 나선 세월호 희생자 가족 영석 엄마 권미화 씨가 눈물을 흘리고 있다.

2016.11.01.

배는 아직도 물속에 있는데

뭐 하자는 건지

코스모스가 피어 있다.

간절히 원해도 도와주지 않던 그는

도대체 누구를 도운 걸까?

뒷배가 든든한 무당은 춤을 추고

속이 든든한 악사는

은밀한 악보에 맞춰 장구를 두드린다.

소란 중에도 백치는 홀로 평온하시고

쭈욱, 평온하실 기세다.

망할!

이렇게 가다가는 큰일 나겠는데요.

무섭다 순수하다는 것은.

식인종이 별 뜻 없이 웃는다.

뉘 것인지 모를 속눈썹이

이빨 틈에 끼어 있다.

〈식인종〉

무자비한 '엄마들'

'엄마부대'에 엄마가 없다? 최근 일본군 '위안부' 피해자 할머니들에게 일본 측 사과 수용을 강요해 물의를 빚은 우익 여성 단체 이야기이다. 애국이 명분이지만 그들의 비뚤어지고 모진 언행을 보면 정권보위 조직이 엄마를 참칭하는 것 아닌가 하는 의심이 드는 게 사실이다.

2016.01.08.

등덜미를 타고
사지로 번지는 전율

소름 돋은 피부 밑에서
진저리 치는 뼈

안절부절못하다가
충혈되다가

춥지도 않은 방에서
손을 떨다가

신세기 부역자들의 최후를
선연히 떠올리고는,
나는 내가 무섭다

〈오염된 이름〉

봄바람 타고 순천에도 홍매화 활짝

포근한 날씨를 보인 26일 오전 전남 순천시 매곡동 탐매마을. 홍매화가 수줍게 꽃망울을 터뜨려 봄을 알리고 있습니다.

2018.02.26.

피어라!

소리치니

후드득 번지는

핏물

아따,

놀랐는갑네

〈피다〉

푸른 하늘 은하수

충남에 위치한 가야산에서 담은 은하수 풍경입니다.

ⓒ최강

포토친구 2018.05.14.

날치기가 있어
우리의 사랑을 하늘에 숨겨두었다.

찾아보렴.
동쪽으로 칠 광년
북쪽으로 백이십 광년
서쪽으로 만오천 광년

우리의 사랑은 무탈할 테니
찾거든 기다리는
나에게로 와주렴.

〈보물찾기〉

민주화의 성지 모란공원에 잠든 노회찬 의원

노회찬 의원의 유골함은 영정과 함께 유가족 품에 안겨 27일 오후 4시께 경기도 남양주시 모란공원에 도착했다. "여러분 노회찬이 어디 있습니까"라는 상여꾼들의 구슬픈 목소리가 울려 퍼졌다.

동생 노회건 씨는 하관식을 위해 유골함을 묘소에 내려놓으며 한없이 눈물을 흘렸다. 이후 부인 김지선 씨 등 유가족들과 이정미 대표, 심상정 의원 등 정의당원, 전태일 열사의 동생 전태삼 씨 등이 유골함 위로 흙을 한 줌 올렸다. 유골함 위로 흙이 쌓이는 동안 하관식 참석자들은 '임을 위한 행진곡'을 함께 불렀다. 추모객들은 곳곳에서 오열했다. 유가족들과 정의당원, 지인들이 고인의 묘에 술잔을 올리고 절을 한 후 장례 참가자들이 헌화하며 하관식은 약 1시간 만에 끝났다.

2018.07.27.

당신은 다정한 장르였습니다.

이제는 뼈아픈 이름이 되었습니다.

어떻게 될까요.

당신이 덜어낸 정치의 무게는

다시 무거워질까요.

정치인들은 예전처럼 거들먹거릴까요.

우리는 우리가 놓친 것에 대하여

오래도록 후회하겠지만

시간이 갈까요.

작별의 말이 되려고 목구멍을 넘어온 숨이

입속에서 무너지네요.

그리울 겁니다.

〈뼈아픈 이별〉

한국에선 '제2의 뽀로로'가 나오기 힘든 이유

KT가 세계적인 애니메이션 회사 '드림웍스'와 손잡고, 자사 IPTV인 올레TV를 통해 드림웍스에서 제작된 만화 시리즈를 24시간 동안 방송한다. KT는 남녀노소가 좋아하는 〈쿵푸팬더〉를 통해 국산 캐릭터의 대표 격인 〈뽀로로〉를 잡겠다며 자신감에 차 있는 상황이다.

이를 지켜보는 국내 관련 업계 종사자들의 마음은 씁쓸하기만 하다. 국내 애니메이션 시장이 그 어떤 분야보다 내수시장이 취약하기 때문이다.

생동감 넘치는 캐릭터로 꿈과 희망을 이야기해야 할 애니메이터들의 현실은 애니메이션처럼 아름답지 않다. 통계청의 2013년 조사에 따르면 애니메이터들의 평균임금은 128만 원. 한국 노동자 평균임금인 223만 원(2014년 1분기 기준)에 크게 못 미친다.

현재 수많은 애니메이터가 해외시장으로 눈을 돌리고 있다. 해외 진출은 분명 긍정적인 방향임이 틀림없지만, 한국 애니메이션의 정체성을 드러낼 수 없다는 한계는 아쉬운 대목이다. 정부와 기업, 그리고 관련 종사자들의 수많은 노력과 시도가 쌓여 국내 수많은 애니메이터들이 마음껏 놀 수 있는 판이 하루빨리 만들어지길 기대해 본다.

오마이뉴스 2016.05.11.

애니메이터의 사랑은
초당 스물네 프레임으로 왔다
이제는 동화 빠진 원화처럼
퉁명스레 지나쳐간다

가족과의 추억 신은 새벽녘에 버려지고
오늘과 내일은 연결되지 않는다
홀드가 길어지는 동안
답이 없는 물음은 창문에 부딪혀 죽고
클라이맥스를 기다리는 동안
채널은 고정되지 않는다

손끝으로 튕겨본 지난날 몇 컷에서
타이밍이 나쁘다
젠장,
애니메이터가 화면 밖으로 나가버리고
레이아웃이 무너진다
꿈은 마무리되지 않는다

〈애니메이터〉

시인 허수경 별세… 향년 54세

독일로 건너가 꾸준히 시를 쓴 허수경 시인이 지난 3일 오후 7시 50분 별세했다. 고인의 작품을 출간해온 출판사 난다는 "어제 저녁 시인이 세상을 떠나셨다는 연락을 받았다. 장례는 현지에서 수목장으로 치른다고 한다"고 전했다.

허 시인은 위암 말기 진단을 받고 투병했으며, 이 사실을 지난 2월 출판사에 알린 뒤 자신의 작품을 정리해왔다. 지난 8월에는 2003년 나온 《길모퉁이의 중국식당》을 15년 만에 새롭게 편집해 《그대는 할말을 어디에 두고 왔는가》라는 제목으로 발표했다.

1992년 독일로 건너가 뮌스터대학에서 고대근동고고학을 공부한 허 시인은 박사학위를 받고 독일인 지도교수와 결혼하며 다시 한국으로 돌아오지 않았다. 하지만 모국어로 된 시집과 산문집 등을 꾸준히 펴내왔다. 독일에서 26년간 이방인으로 지낸 삶은 그의 시에 고독의 정서를 짙게 드리우게 했으며, 시간의 지층을 탐사하는 고고학 연구 이력은 그의 시에 독보적인 세계를 만들어냈다.

2018.10.04.

우리는 예외 없는 이방인이고
우리 머무는 세상은 예외 없는 타국이지만
나고 자란 동녘의 가을 풍경을
당신은 그리워했을 것입니다.

여기는 가을이 시작되었습니다.
먼 곳에서 더 먼 곳으로 떠나는 당신을 위해
여비를 대신할 코스모스 한 다발이
머리맡에 놓이기를.

〈이방인을 보내며〉

양귀비에 찾아온 꿀벌

한 도롯가에 활짝 핀 개양귀비꽃. 곁에서 꿀벌이 분주히 꿀을 따고 있다.

ⓒ뉴시스

2018.04.25.

허공에 목을 매단 양귀비
너는 목이 가늘어 죽을 운명이었다
사랑하다 그만두면 너도 아플까
앓아누울까
환청을 들을까

기쁨을 원 없이 펼치고 나면
너는 얼마 남지 않은 운명이 된다

여름이 가고
네가 어떻게 졌는가는
후세에 역사가 되고
입맛 없는 술꾼의
안주가 되리라

〈양귀비〉

“책 한 송이, 책 한 잔”… 머물고 싶은 동네서점

동네서점이 위기라는 건 어제오늘 일은 아닙니다만 요즘 다양한 아이디어로 단순히 책을 파는 것 이상의 공간이 되는 작은 서점들이 많습니다. 동물이나 식물 같은 특정 주제에 집중하기도 하고요. 함께 영화를 보고 독서 모임을 하는 서점도 있죠.

서울의 한옥마을에 야트막이 자리 잡은 한 책방의 도서 분류법은 간단합니다. 주인이 읽은 책만을 권하고 판매하는 것. 그래서 이곳의 시간은 매일 신작이 쏟아져나오는 대형서점과는 다르게 흐릅니다. 손글씨로 정성껏 쓴 추천사는 책과의 거리를 한 뼘 더 가깝게 합니다.

“반짝 유행이다. 살아남기 위한 고육책이다” 말도 많지만, 한 통계에 따르면, 자영업의 위기 속에서도 이런 개성 있는 독립서점들은 90% 가까이 3년 이상 살아남아 선전하고 있습니다.

단순히 책만 사고 떠나는 곳이 아니라 생활의 공간이 되려는 동네서점들의 실험이 골목골목을 반딧불처럼 비추고 있습니다.

MBC 2018.08.11.

내 마음을 진열하여
누구라도 읽었으면 좋겠다.
어려운 말 없이 술술 읽히는
친절한 책이고 싶다.

생의 페이지를 넘길 때마다
마른 잎 스치는 소릴 내어
혹시 모를 격정을 진정시키고 싶다.

마지막 페이지가 닫히고
눈이 감기고
나는 세상에서 가장 진솔한
서평을 듣고 싶다.

괜찮게 살아온 걸까.
너무 시시한 건 아니었을까.

말꼬리를 흐리며 떠난 자리에서
술을 남기고 간 자리에서
언제까지고 새 손님을 기다리고 싶다.

〈책이 있는 풍경〉

2부

2018
~2020

우리는 미화되었다

독감 의심환자 3주 새 2배 늘어, "예방접종 서둘러야"

질병관리본부는 최근 인플루엔자(독감) 의심환자가 증가하고 있어 감염 예방에 주의를 기울여달라고 당부했다. 질병관리본부에 따르면 12월 13일 환자 1,000명당 독감 의심환자가 11월 15일 독감 유행주의보를 발령한 이후 9.7명에서 19.5명으로 2배 가까이 증가했다고 밝혔다.

질병관리본부는 독감 예방과 확산을 방지하려면 미접종자는 이른 시일 내에 예방접종을 받아야 한다고 강조했다. 특히 독감에 걸리면 합병증 발생 위험이 큰 임신부와 다른 연령대에 비해 상대적으로 접종률이 낮은 10~12세 어린이는 이달 안에 예방접종을 마쳐달라고 당부했다.

2019.12.13.

'몸'이 병들면

'마ㅁ'도 쓰러진다.

그대 건강하시라.

〈안부 걱정〉

오늘 밤 유성우 쏟아진다

쌍둥이자리 유성우가 쏟아지는 모습을 육안으로 볼 수 있다. 미 항공우주국에 따르면 오는 13일(현지시간) 밤부터 14일 새벽까지 쌍둥이자리 부근에서 시간당 120여 개의 유성이 떨어진다고 밝혔다. 특별한 장치 없이도 관찰할 수 있으며, 한국에서는 14일 밤 9시 16분 남동쪽 하늘에서 절정을 이룰 전망이다.

쌍둥이자리 유성우는 거의 24시간 동안 쏟아지기 때문에 전 세계에서 볼 수 있다. 밤과 새벽 시간대에 가장 잘 보이고 쌍둥이자리가 위치한 하늘 한가운데를 보고 있으면 관찰할 수 있다.

2018.11.26.

지체 없이
소원을 빌어보리다.

집채만 한 운석이
갈팡질팡하지 말고

우리 오랜 고통에
명중해주십사.

〈소원〉

고 설리, 사망 8일 전에도… "따뜻하게 말해주면 좋을 텐데"

지난 14일 설리가 경기도 성남 자택에서 숨진 채 발견됐다. 설리의 비보에 대중들과 동료들의 애도가 이어지고 있다.

설리는 사망 8일 전에도 SNS 라이브에서 "욕하는 건 싫다. 이런 게 문자로 남는다는 게. 그 사람의 감정이 안 보이니까 조금 무섭다. 따뜻하게 말해주면 좋을 텐데"라고 토로했다.

연예인을 대리해 악플러를 고소했던 고승우 변호사는 "사실 보면 하나하나가 감정의 쓰레기다. 입에 담을 수 없는 오물들인데 매번, 매일, 매달, 매년 언제 그칠 줄 모르게 기약 없이 내 몸에 끼어드는 거다"고 말했다.

2019.10.23.

짐승에게 있는 것이
우리에게도 있어
사람을 다치게 한다.

그는 달아나는 표적이었다.
옅은 미소만 비쳐도
몰려가 목을 물고
발톱을 찔러 넣지 않았던가.

우리의 형상은 신뢰할 만한가?
나는 의심한다.
앞발과 주둥이에 피 마를 날 없는 자들을
설득할 수 있을지

슬프다.
우리는 미화되었다.

〈야수들〉

태안화력 하청 근로자 고 김용균 씨 빈소 조문 행렬

한국서부발전 태안화력발전소 협력업체 직원으로 일하다 사고로 숨진 김용균(24) 씨의 빈소가 차려진 충남 태안의료원 장례식장에는 12일 조문객들의 발길이 이어졌다. 이 자리에는 김씨 부모가 참석해 생전의 아들 모습을 회상하고 "우리 아들 살려내라"고 외치면서 오열해 집회 참석자들이 눈시울을 붉히기도 했다.

김씨는 11일 오전 3시 20분께 태안군 원북면 태안화력 9·10호기 석탄운송설비에서 컨베이어벨트에 끼여 숨진 채 발견됐다.

연합뉴스 2018.12.12.

첫눈이 지상의 허물을 덮던 날,
조금은 착해진 줄 알았는데
며칠도 못 가 세상은
또 한 사람을 죽였습니다.

뒷짐 진 허연 손은
짜증이 났습니다.
구급차를 서두르지 않습니다.
밥그릇에 집중합니다.

식은 몸을 치워버리고
스위치를 켭니다.
시간이 굳습니다.
돈이 굳습니다.

이놈의 세상
만날 그대로입니다.

〈사람 용균〉

감 익는 계절

만연한 가을 날씨가 이어지고 있는 10일 오전 경남 남해군 삼동면 한 가정집에서 감이 빨갛게 익어가고 있다.

2018.10.10.

일찍이 도시로 떠난 소년이
고향을 생각할 때
뒷마당 감이 익는다.

기다리는 애경이 얼굴도
감나무 아래에서 익었다.

익는 것은 모두
그리워서다.

〈감이 익는 이유〉

‘성북구 네 모녀’ 마지막 길 추모, 복지 사각지대 여전

서울 성북구 삼선교 분수마루에 마련된 ‘성북구 네 모녀’ 시민 분향소에 그들의 죽음을 애도하기 위한 시민들이 발길이 이어지고 있다.

지난 2일 성북구 다세대 주택 2층에서 70대 노모와 40대 딸 3명이 숨진 채 발견됐는데, 숨진 이후 상당한 시일이 지난 것으로 전해졌다. 이후 모녀가 경제적으로 상당한 어려움을 겪었을 것이라는 추정이 이어졌다. 오랫동안 방치된 이들의 안타까운 죽음으로 한국 복지 사각지대에 대한 변하지 않은 현실이 다시 드러났다.

2019.11.21.

성북동 비둘기
떠난 둥지마다
떠밀려온 사람들이 낳은 것은
둥글지 않은 형편뿐.

떼 지어 날아오르던 자리에는
평화니 축복이니 하는 것 대신
힘든 사연만이 북적대다가
털썩 주저앉는다.

슬픔은 새로운 슬픔으로 갱신되고
괴로운 사건만이 우뚝 일어난다.
주저앉은 자리마다
우뚝, 일어난다.

〈성북동 비둘기〉

고향 생각

비 오는 가을날의 고향. 홍천의 어느 여물어가는 들깨밭 위로 모락모락 피어나는 저녁연기. 뜰 앞에는 맨드라미와 코스모스도 가을비에 젖어 들고 텃밭에는 하얗게 메밀꽃이 피어납니다. 해가 갈수록 고향 생각도 깊어갑니다.

ⓒ 책과 노니는 여자

포토친구 2018.09.20.

그랬지.

멀리, 초가 위로 번지는

연기를 바라보며

짧은 하루를 아쉬워했지.

길가엔 코스모스 흐드러지고

내일 만나기로 약속한

동무들 얼굴에도

미소가 흐드러지고

철없는 우리는 아무런 걱정도 없이

다시 못 올 시절일 줄

꿈에도 모른 채

집으로 집으로 흩어져 갔지.

〈고향 생각〉

여름도, 덕분에

코로나19와 5개월 넘게 맞서온 의료진이 폭염이 닥치며 이중고를 겪고 있다. 반팔, 반바지 등 얇은 옷차림의 검사자들 사이로 서울 강서구 보건소 의료진이 지난 11일 통풍이 안 되는 전신방호복을 입고 있다. 이날 서울 최고기온은 32도였다. 때 이른 폭염에 지난 9일 인천의 야외 선별진료소에서는 보건소 직원이 탈진 증상으로 쓰러지기도 했다. 어깨에 두른 얼린 수건으로는 얼굴가리개, 의료용 마스크, 방호복, 장갑으로 오른 체온을 내리기에 역부족이지만, 함께하는 동료 덕분에 얼굴에 잠시나마 웃음꽃이 피어난다.

한겨레 2020.06.17.

손잡을 수 없어서
포옹할 수 없어서

무더운 여름날
고마움을 어찌할지 모르겠다

협조가 충분했나 생각하면
미안함이 땀처럼 흐르고

할 수 있는 거라고는
한적한 동선으로 멀어지는 것뿐

다가갈 수 없으므로
먼 데서 띄우는 약소한 인사

고맙습니다
덕분에

〈덕분에〉

‘펫로스 증후군’… 그 이유는?

반려동물이 죽고 나면 사람들은 괴로움에 휩싸입니다. 바로 펫로스 증후군입니다. 반려동물이 죽거나 잃은 뒤 상실감, 슬픔, 우울, 불안, 자책 등의 감정 고통을 겪게 되는 현상인데요. 반려동물을 키우는 인구가 많아지면서 주변에서 쉽게 볼 수 있습니다. 펫로스 증후군을 제때 제대로 대처하지 않으면 우울증으로 악화되기도 합니다. 짧게는 2~3개월, 길게는 1년 이상 극심한 우울감과 스트레스가 지속될 수 있습니다. 실제로 2012년 부산에선 펫로스 증후군을 극복하지 못한 40대 여성이 극단적인 선택을 했던 일도 있었습니다.

2019.09.23

너는 가져온 것을
알뜰히 챙겨 떠났다.

겸손한 귀와
살가운 꼬리와
달콤한 눈과
고소한 발을
남김없이 가져갔다.

약간의 사료와 빈 그릇
많지 않은 사진을 유품으로 남겼으나
운동장만큼 커진 방에서는
공기가 감지되지 않는다.

이제 누가 날 위해
하루를 천년처럼 기다려줄까.

〈펫로스 증후군〉

‘죽은 자의 집’ 청소하며, 제祭를 올린다

김완 씨는 자살 현장, 고독사 현장, 범죄 현장 등을 청소한다. 이 ‘특수청소’는 “죽은 사람이 만든 냄새를 극적으로 없앴을 때 성공하는 비즈니스”이자 추모도 그리움도 없이 사라진 이들을 위한 부고다.

죽은 사람은 냄새로 자기소개를 대신한다. 묵은지, 액젓, 쥐포 1,000마리쯤 구운 냄새…. 현장을 모르는 사람에게 설명하기 위해 여러 예시를 들어보지만, 그 어떤 걸로도 온전한 설명이 어렵다. 문을 열고 들어서면 또 다른 세계다. 시신은 이미 옮겨진 뒤지만, 죽은 사람이 오래 방치됐던 바닥은 몸에서 나온 피와 기름막으로 덮여 있기 일쑤다.

특히 가난한 사람들이 혼자 죽었다. 가족은 연락을 끊어도 채권자는 끊임없이 안부를 물었다. “가난에 등이 휜 것처럼 보이는” 각종 고지서와 청구서가 유서를 대신해 빼곡했다. 이름도, 얼굴도 모르는 이가 홀로 숨을 거둔 장소를 청소하며 김씨는 곧잘 제祭를 올리는 마음이 되곤 했다. 죽음의 현장이지만 삶의 흔적을 톺아보는 일이었다.

시사인 2020.07.03

외딴 죽음이 발견되기까지
설움의 온도 영하 7도.

서랍 칸칸이 부치지 못한 편지며
때를 놓친 고지서며

곰삭은 전화번호부에는
빙초산보다 시큼한 외로움이.

왕래를 모르는 현관문에는
눈물보다 흐린 지문이.

그에게도 호시절이 있었으려나?
아저씨, 뭐 좀 나왔어요?
없어요, 아무것도 없어요.

내 형편은 그보다 나은지 가늠해보려고
하나둘 제집으로 숨어버리는
팍팍한 별의 오후.

〈외딴 방〉

‘허블’이 잡은 놀라운 태고의 은하들

허블 우주 망원경이 우주에서 가장 멀리 떨어져 있는 은하계를 잡은 놀라운 이미지가 13일 우주 전문 사이트 스페이스닷컴에 소개되었다. 이 사진은 우주의 초창기에 생긴 태초의 은하계 모습을 근접 촬영한 것이다.

허블 망원경의 버팔로*BUFFALO:Beyond Ultra-Deep Frontier Fields And Legacy Observations* 프로젝트라는 새로운 미션의 일환으로 찍은 이 사진은 지구로부터 50억 광년 떨어진 아벨*Abell* 370이라는 거대한 은하단의 모습을 잡은 것이다. 이 은하단은 은하단 너머 멀리 떨어진 물체를 확대해서 보여주는 일종의 우주 돋보기 역할을 하고 있다.

허블 망원경이 2013년부터 2017년까지 진행된 프론티어 필드 프로그램에서 중력 렌즈 효과가 강한 6개의 주목할 만한 은하계를 관측한 바 있는데, 버팔로 프로젝트는 이 프로그램을 계승한 것으로, 전 미션보다 10배 더 효율적으로 우주에서 가장 거대하고 오랜 은하들이 언제 어떻게 형성되었는지, 그리고 빅뱅 이후 처음 8억 년 동안 형성된 암흑물질과 은하 사이의 관계가 어떠한가를 조사할 계획이다.

서울신문 2018.09.15.

불 꺼진 창으로

별을 올려다봅니다.

손 뻗으면

닿을 거리였지만

한 줌 움켜쥐니

틈새로 도망쳐버렸습니다.

아마도 별빛이

매끄러워서겠지요.

빛나는 것은

다들 그렇다는 걸 압니다.

눈빛이 밝은 그 사람도

그렇게 놓쳤으니까요.

〈빛나는 것의 속성〉

‘아슬아슬’ 출근길… “모든 길은 평등하지 않다”

지난달 28일부터 휠체어를 탄 채 탑승할 수 있는 고속버스가 4개 노선에서 3개월간 시범 운행에 들어갔다. 교통 약자 이동편의증진법이 시행된 지 13년 만에 이룬 성과다. 하지만 장애인은 출퇴근과 여행을 위해 이동할 권리, 치료받을 권리 등 일상권에서 여전히 배제돼 있다.

서울지하철 4호선 쌍문역에서 상계역까지 고작 세 정거장. 재현 씨의 거주지에서 역까지의 거리, 역에서 직장까지의 거리를 합쳐도 비장애인 기준 20분이면 도착하는 거리다. 이날 재현 씨의 집에서부터 직장까지 걸린 시간은 52분. 누구에게나 평등하다고 생각했던 길이 다르게 보이기 시작했다.

재현 씨는 “어떻게 된 게 한국에선 인도보다 차로가 더 평평하게 닦여 있다. 길을 설계할 때 장애인은 안중에도 없었던 것”이라며 한숨을 내쉬었다. 또한 “장애인의 출근길에는 늘 위험이 도사리고 있다. 전동휠체어를 타면 편하게 출근할 것이라고 생각하는 사람들도 있을 텐데 전혀 그렇지 않다. 모든 길은 평등하지 않다”며 고충을 털어놨다.

CBS노컷뉴스 2019.11.18.

모퉁이를 돌아
길 끝에 평등이 있다는데
갈 수가 없습니다.

애초부터 세상은
23.4도 기울지 않았느냐며
사람들은 수평에
미련 두지 않습니다.

외줄 타는 곡예사만이
기울기의 위험을 알아주었습니다.

마음이 경사를 따라
트럭 옆으로 굴러떨어졌습니다.

술잔에 떨군 설움만이
수평에 합류하였습니다.

〈평등의 기울기〉

수능 약 열흘 앞으로… 엄마의 기도

대학수학능력시험을 11일 앞둔 4일 서울 강남구 봉은사에서 학부모들이 수험생의 사진을 앞에 두고 기도하고 있다.

2018.11.05.

이러지 마세요, 어머니.

그것은 숭고한 공포입니다.

산사의 돌탑도

타인의 소망을 밟고 높아졌습니다.

정성이 하늘에 닿을 때마다

내 가슴에는 평생 갚을

빚 더미가 쌓입니다.

그런 이유로 나는

사랑을 두려워합니다.

부디 당신이 밝힌 촛불에

데지 않게 하소서.

누구도 죽게 마소서.

〈비나이다〉

천혜의 낙조

괌 피시아이*Fish Eye* 마린파크 서쪽 너머로 해가 지고 있다.

2019.11.16.

포획된 풍경은

미동도 없는데

바라보는 나는

바람을 맞았습니다.

수면이 일렁거렸습니다.

구름이 흘렀습니다.

하늘이 붉어지는 동안

내 작고 푸른 방과

핏기 없는 얼굴과

새벽 같은 손등이

붉어졌습니다.

고맙습니다.

전율하는 사진가의 등을

가만히

두드려주고 돌아왔습니다.

〈낙조와 사진가〉

백두산에 한라산 물 가져가,
반은 붓고 나머지에 천지 물 채워

20일 오전 문재인 대통령 내외와 김정은 북한 국무위원장 내외는 백두산 정상 장군봉에 함께 오른 뒤, 천지를 방문했다. 그곳에서 김정숙 여사는 500ml 삼다수를 꺼내 한라산 물을 반 정도 천지에 붓고, 백두산 천지 물로 다시 병을 채웠다.

2018.09.20.

어떤 꿈은
너무 생생해서
현실 같고

어떤 실현은
너무 벅차서
꿈만 같습니다.

지난밤 우리는
어떤 꿈을 꾼 걸까요

또 한 걸음 갔습니다.

〈한 걸음〉

치매로 기억 잃은 英 남성, 아내에게 청혼해 두 번째 결혼식

치매로 기억을 잃은 영국의 남성이 아내에게 청혼해 다시 결혼을 하게 됐다. 영국 북동부 애버딘에 거주하는 빌 던컨(71)은 2010년 60대 초반 나이에 노인성 치매 진단을 받았다. 2001년에 만난 앤(69)과 6년 연애 끝에 결혼식을 올린 지 4년밖에 지나지 않았을 때다. 그의 기억은 하나둘 잃어갔고, 앤이 아내라는 사실조차 잘 기억하지 못했지만, 앤은 던컨을 정성껏 돌봤다.

8월 초, 친척의 결혼식에 다녀온 빌이 앤에게 영원히 함께 있고 싶다며 청혼했다. 앤은 친구들이 놀러오기로 한 주말까지도 치매에 걸린 빌이 결혼을 원한다면 식을 올리겠다 결심했다. 이후에도 빌은 매일 결혼에 관해 물었고 결국 부부는 다시 하객들 앞에 섰다.

앤은 이날의 느낌을 “마법과도 같은 순간”이라고 표현했다. 그는 “치매와 싸운 그 오랜 시간 후에도 그가 나를 이렇게나 사랑하니 그저 행복할 뿐이다. 가장 아름다운 날이었다”고 감격했다.

2019.08.22.

설레신다니 말입니다.
처음 만난 그날처럼
떨리신다니 말입니다.
잠자리에 드는 이 밤이
이렇게 기쁠 수 없습니다.
이른 아침
뒤척이는 소리에 깨어나
수줍음도 없이
첫눈에 반했어요
백년해로합시다, 하고
속삭여주신다면
처음 만난 그날처럼
오, 사랑이여

〈천만 번의 청혼〉

가을의 깊이

열매가 붉어지고 물은 깊어지고 하늘은 높아지고 새들은 바쁘고. 햇살도 맑아지고 지난여름 흐물거리는 느낌의 석상들도 온전히 보이니 분명 가을인가 봅니다.

ⓒ 임정량

포토친구 2018.09.12

연잎이 하늘에 떠 있습니다.
맞습니다.
세상에 떠 있지 않은 것은 없습니다.
달과 함께 이 세상도
우주 외곽에 떠 있습니다.
우리 별의 구성원들은
주먹밥처럼 뭉쳐져
태양 주위를 도는 중입니다.

주먹밥 같은 연인이
잔디 위를 구릅니다.
질량이 다른 두 입술이 충돌합니다.
세상은 하늘에 떠 있고
그들의 사랑도 하늘을 떠갑니다.
맞습니다.
두둥실 떠다니는 기분은
착각이 아니었습니다.

〈기분 좋은 날〉

뜬장 아닌 해먹 위 곰들은 행복했다…
"지금이라도 보호시설 필요"

경기 남양주시 화도읍에 위치한 한 반달가슴곰 사육장. 지난 17일 이곳에서는 2마리의 반달가슴곰들이 해먹을 타고 노는 진풍경을 볼 수 있었다. 곰보금자리프로젝트, 동물자유연대 등 동물보호단체들이 올해 5월부터 시작한 '사육곰 농가 해먹 설치' 활동 덕분이다.

1981년 정부는 농가 소득증대를 위해 야생곰을 재수출용으로 수입할 수 있도록 허용했다. 하지만 멸종위기종인 곰에 대한 보호 여론과 서울올림픽을 앞두고 비난의 목소리가 커지자 1985년 수입을 금지했다. 그리고 1993년 정부가 CITES(멸종위기에 처한 야생 동식물종의 국제거래에 관한 협약)에 가입하면서 수출 또한 전면 금지됐다. 즉 이러지도 저러지도 못하게 된 사육 농가에서 곰은 천덕꾸러기 신세로 전락했다. 사육곰 농장 31곳 중 29곳을 직접 방문했다는 최 수의사는 "규모가 큰 농가에 가보면 시멘트 바닥도 아닌 뜬장에 있는 곰들이 갇혀 발바닥 상태가 모두 안 좋다. 심한 경우 곰은 발바닥으로 바닥을 딛지 못해 발목으로 서 있다"며 "유지 비용을 줄이기 위해 밥은 돼지 사료, 개 사료조차 주지 않고 음식물 찌꺼기를 주거나, 아니면 그조차도 주지 않아 매우 말라 있다"고 전했다.

뉴스1 2019.08.21.

최초의 죄인이 벌을 면하려
곰에게 누명을 씌웠으리라.

무고함을 의심하는 신 앞에
제 가슴을 갈랐을 테고

목화 같은 결백이
툭, 하고 불거졌으리라.

신의 행방이 묘연한 요즘
낙원에서 쫓겨난 인간 후손이

옛 치욕을 분풀이하는 것은 아닌지…
그렇지 않고서야 어떻게

〈누명〉

‘해외 입양인 첫 승소’, 친부 만났지만… 묵묵부답

해외 입양인 중 최초로 친자 인정 소송을 내 승소한 카라 보스(한국명 강미숙) 씨가 마침내 친부를 만났지만, 친부는 끝내 입을 열지 않았다.

16일 법조계 등에 따르면 강씨는 전날 변호사 사무실에서 친부 A씨와 만났다. 법원이 A씨를 강씨의 아버지로 인정한 후 첫 만남이다. 그러나 A씨는 경호원 2명을 대동하고 나타나 형식적인 면담만을 했다. 그는 강씨의 질문에 “나는 모른다”, “그런 일 없다”고만 대답했다. 유전자 검사조차도 한 적 없다고 부인했다. 또한 마스크와 선글라스, 모자 등을 쓴 채로 만난 탓에 강씨는 A씨의 얼굴조차 제대로 보지 못했다.

강씨가 A씨에게 듣고 싶은 것은 자신의 엄마가 누구인지다. 현재로서는 그만이 유일하게 답을 줄 수 있는 존재이다.

1984년 미국으로 입양된 지 35년 만인 지난해 우연히 DNA로 입양인들의 친부모를 찾는 비영리단체를 통해 A씨의 단서를 찾아냈다. 그러나 A씨와 가족들은 강씨를 달가워하지 않았다. 이에 강씨는 해외 입양인 중 처음으로 친생자임을 인정받는 소송을 냈다. 서울가정법원은 지난 12일 강씨의 손을 들어줬다.

2020.06.22

뿌리는 쓰다.

단서를 쥔 아버지는
고개를 젓고

사람이 살다 보면
어쩌지 못하는 일도 있는 법이라지만
강으로 돌아오는 연어처럼
그리움은 어쩌란 말인가.

낯익은 강에서
다시 길을 잃은 아이.

피는 때때로
물보다 징하다.

〈뿌리의 맛〉

돛단배 위로 펼쳐진 우리은하와 안드로메다은하

숨 막힐 듯 아름다운 우리은하와 안드로메다은하가 호수의 돛단배 위로 병풍처럼 우뚝 서 있는 천체사진이 발표되어 우주 마니아들의 관심을 끌고 있다.

밤하늘의 이 수직 파노라마는 포르투갈의 호수 알케바에 떠 있는 범선 위로 눈부시게 반짝이는 별들의 황홀한 바다를 보여준다. 거대한 우리은하와 그 아래 앙증맞게 보이는 타원형의 안드로메다가 시선을 끈다. 지구 행성에서는 비록 조그만 빛 뭉치로 보이지만 안드로메다은하는 우리은하보다 지름 2배 이상 큰 22만 광년의 거대 나선은하다. 무엇보다 거리가 250만 광년이나 된다. 그러니까 지금 우리가 빤히 보는 저 안드로메다는 250만 년 전 과거에 거기서 출발한 빛을 보는 것이다.

더 놀라운 것은 저 안드로메다은하가 우리은하와의 거리를 계속 좁혀나가 37억 년 뒤에는 충돌할 거란 사실이다. 지금도 매시간 40만km로 접근하고 있는데, 이는 지구-달 사이의 거리에 해당한다. 두 은하가 지구 행성의 하늘에서 충돌하는 광경은 장관을 이룰 것이다.

서울신문 2019.01.26.

개념은 안드로메다에 있다.
무책임한 자들이 보내버린 탓에
개념 없는 푸른 별은
미움과 혼란이 만연하다.

머잖아 두 은하가 결합하는 날
잃어버린 개념이 돌아오리라.
그날 이후 우리는
더 이상 일을 망치지 않을 것이며
터무니없이 다투지 않을 것이며
까닭 없이 원망치 않으리라.

돌아온 개념이 우리들 머리에
알뜰히 장착되는 날.

〈안드로메다를 기다리며〉

동물원 퓨마 탈출부터 사살까지… 긴박했던 4시간 30분

18일 오후 대전 오월드(동물원 등 테마공원) 사육장을 탈출한 퓨마가 사살되기까지 긴박했던 약 4시간 30분 동안 시민들은 공포와 불안에 떨어야 했다.

오월드 관계자는 119에 "우리 안에 있던 퓨마 1마리가 탈출한 것 같다"고 신고했다. 사육사가 우리를 청소한 뒤 문단속을 소홀히 한 게 문제였다.

오월드 측은 관람객과 보문산 일대 등산객을 긴급 대피시켰고, 신고를 받은 경찰과 소방당국은 퓨마 수색에 나섰다. 같은 시간 대전시는 시민들에게 긴급재난문자를 보내 보문산 인근 주민의 외출 자제를 당부했다. 포획이 늦어지면서 경찰특공대와 119 특수구조단까지 수색에 동참했다. 수색에 투입된 인원만 476명에 이른다.

사라진 퓨마는 여덟 살짜리 암컷으로, 몸무게 60kg에 이름은 '뽀롱이'다. 2010년 서울대공원에서 태어났고, 2013년 2월 대전 오월드로 이송해왔다.

2018.09.19.

어떻게 하려는 건 아니었어.
문이 열려 있었고
나는 별 뜻 없이 걸어나갔던 거야.

멀리는커녕 내 갇혀 지낸 세상 언저리만을
조심스레 배회할 뿐
어디로도 가지 못했지.

바깥세상은 조련사보다 무섭고
나는 도망치는 법을 배우지 못했으니까.
길들여진다는 건 그래서 더러운 거야.

작은 꽃을 보았지.
이름 모를 나무와 정갈한 잎사귀와
아, 바깥 하늘엔 쇠창살이 없더군.

사람들이 온다. 불길한 물건을 들고 있다.
꼭 죽고 싶은 건 아니지만
다시 돌아가면 견디어낼 수 있을까.

곧 알게 되겠지.

〈외출〉

가을의 선물

가을의 오후 빛은 따스한 느낌입니다. 바람결에 흔들리는 억새에 내려앉은 가을빛은 아름다운 황금 억새를 우리에게 선물합니다. 떠나려는 가을의 화려한 모습입니다.

ⓒ이은경

포토친구 2018.11.02.

배웅만을 위해 진화한
외팔이 군락.
누가 이들처럼 할 수 있을까.

기러기가 시야에서 사라져도
억새는 손을 멈추지 않는다.

해가 저물어도
팔을 내리지 않는다.

이별이 마무리될 때까지
제자리를 지키는
배웅 전문 붙박이.

어쩔 수 없다더라.
가을에는 온통
떠나가는 것들뿐이라서.

〈억새의 배웅〉

연 3만 명 목숨 끊던 日… 자살대국 벗어난 비결은?

이웃 나라 일본은 한때 14년 연속 한 해 자살자가 3만 명을 넘었지만 10년 만에 1만여 명 정도 자살자가 줄었습니다. 자살을 줄일 수 있는 정책 구현이 가능하다는 얘기죠. 1998년 이후 해마다 자살자가 3만 명을 웃돌았던 일본. 2006년부터 범정부 차원의 총리가 주도하는 자살 종합대책회의를 설치했고, 매년 관련 예산을 7,800억 원씩 투입했습니다. 우리나라의 80배 규모입니다. 그 결과 지난 10년간 자살자 수는 2007년 3만 3,000여 명에서 2016년 2만 1,000여 명으로 30% 이상 줄었습니다.

민간의 참여도 적극 유도해 올해 3월부터는 SNS 자살 상담을 위한 업체 6곳을 선정해 매달 우리 돈으로 최대 1억 원까지 지원하고 있습니다. 투신자살을 막기 위해 지하철역에는 심리 안정에 도움이 되는 푸른빛 조명을 설치하고, 초등학교 때부터 자살 예방교육을 실시하는 등 일본에서는 자살을 막기 위한 노력이 일상화돼 있습니다.

자살을 개인의 문제로 보지 않고 국가와 지역사회의 공동책임이라는 인식 전환을 통해 자살률을 끌어내린 일본의 사례는 우리에게 큰 시사점을 안겨주고 있습니다.

MBC 2018.09.10.

술을 끊으면
그는 다음 달에 죽는다.

담배를 끊으면
그는 다음 주에 죽는다.

밥을 끊으면
그는 내일 새벽에 죽는다.

서둘러 막차를 타자.
가서, 세상에서 가장 비싼 국밥을 사자.

급조한 농담을 던지며
송장을 치우러 왔노라 말하자.

내내 떠 있을 그의 숟가락에
깍두기를 얹으며.

〈막차와 국밥〉

코로나19가 남긴 것들

코로나19의 위세가 사그라들지 않고 있다. 일일 신규 확진자 수가 지난 25~26일 이틀간 10명대에 머물다가 27일 쿠팡물류센터 근무자를 중심으로 확진자가 증가하면서 40명으로 늘었고, 이튿날인 28일에는 배 수준인 79명으로 급증했으며 이어 29일에 58명, 30일에 39명이 각각 확진됐다. 오늘 발표된 추가 확진자 수는 27명이다.

경제 타격도 크다. 일각에선 코로나19가 종식 되더라도 회복까지 12개월가량 걸릴 것이라는 전망도 나왔다. 경제뿐 아니라 시민들의 문화생활에도 파급이 지속되고 있다. 코로나19의 재확산 움직임으로 수도권 지역의 실내·외 공공시설 운영이 중단되고 있다. 문화재청은 수도권 궁궐과 왕릉, 박물관 등 수도권에 있는 문화재청 소관 각종 실내·외 관람시설을 6월 14일까지 잠정 휴관한다고 밝혔다.

2020.05.31

거리마다

마스크 위로

빼꼼히 내민 눈

가려진 하관마다

불만스러운 입술

근접에 대한 불안

접촉에 대한 껄끄러움

떨어져라.

물러서라.

멀어져라.

누군가 기침을 하면

누군가 죽음을 떠올리는

난처한 시절

마스크를 써라.

흩 어 져 라.

〈전염〉

피서지에 버려지는 강아지들… “안락사 그만하고 싶어요”

여름 휴가철만 되면 버려지는 동물들이 훌쩍 늘어납니다. 지난여름에도 4만 마리가 버려졌습니다. 피서지에 버리고 가는 경우도 있는데 이 강아지도 선유도 해수욕장에서 버려졌습니다.

서울에서 3시간을 달려 군산 동물보호소에 도착했습니다. ‘버려진 동물들의 천국’이라고 불리는 이곳. 들어가자마자 자유롭게 뛰노는 강아지들이 보입니다. 모두들 밝은 표정이지만, 저마다의 상처가 있습니다.

안락사를 하는 대부분의 보호소와 달리, 이곳은 안락사도 일절 하지 않았습니다. 하지만 오히려 그게 화근이 된 걸까. 좋은 소문이 퍼지자 전국 곳곳에서 버리러 왔습니다. 포화 상태가 된 보호소는 결국 처음으로 15마리를 안락사 해야만 했습니다. 하지만 두려운 건 지금부터입니다. 여름 휴가철만 되면, 늘 더 많이 버려졌기 때문입니다.

JTBC 2020.07.25

외로움에 취약하며
신의를 모르는
만물의 영장

이럴 거면
이름 같은 건 지어주지 마시지.

아무도 호명 않는 거리에서
낯선 보호소에서
지순한 몸짓으로
가족을 기다리지만

기어이
불길한 잠에 드는,
너희로서는
도통 이해 못 할 세상

〈친밀한 배신〉

'깊어진 가을, 꽃길 걸어보자'… 만끽하는 나들이객들

한여름 폭염과 가뭄 때문에 경기도 안성의 축제에서는 코스모스 3억 송이 가운데 아직 5분의 1 정도만 꽃망울을 터트렸지만, 언덕은 벌써 분홍색으로 물들었습니다. 시원한 가을바람에 사람들의 얼굴에도 웃음꽃이 피어납니다. 강원도 평창과 대구에서도 꽃축제가 열리면서 전국 곳곳에서 가을맞이 나들이객들의 발길이 이어졌습니다.

가을을 알리는 꽃들과 선선한 바람에 실려 유난스러웠던 지난여름의 폭염도 이제 기억 저편으로 넘어가게 됐습니다.

2018.09.30.

코스모스는 모이십시오.

길가에 도열하십시오.

행진해 오는 가을을 환영합시다.

춤추십시오.

여름을 몰아낸 가을의 노고를

치하하면서

환대하십시오.

아직도 꽃구경 가지 못한 이들을 위해

가을이 오래 머무르라고

당신이 오래 피어 있으라고

〈가을맞이〉

지리산 산청 곶감 말리기 작업 한창

18일 곶감 주산지인 경남 산청군 시천면의 한 농가에서 곶감 말리기 작업이 한창이다. 곶감은 낮과 밤의 일교차가 커질 때 말리는 작업을 진행해야 가장 품질 좋은 곶감이 만들어지는데, 얼었다 녹기를 반복하며 맛깔스러운 곶감으로 변신한다.

ⓒ 산청군

2019.11.18.

북어보다는
곶감처럼 늙고 싶다.

노을처럼 붉다가
저물어 어둑해진 후에도
자꾸만 손이 가는 추억이 되고 싶다.

사는 맛을 알지 못해
울기만 하는 당신을 위해
당도 높은 기쁨으로
속을 채워두고 싶다.

껍데기를 버리고
해 드는 거실에 마주 앉아
진솔한 이야기를 나누는 겨울날
당신은 입가를 훔치고 말하리라.

산다는 게
그리 나쁜 것만은 아니더군.

〈곶감처럼〉

홍콩 민주화 시위, 최후의 수십 명 필사의 탈출… 대부분 체포

일주일 만에 휴교령이 풀린 중고생 100여 명은 수업에 참여하는 대신 교복을 입고 마스크를 쓴 채 쿤통觀塘역에서 교차로까지 가두 행진을 했다. 일부 학생은 '5대 요구(범죄인 인도법 완전 철회, 시위대 폭도 지정 철회, 무력진압 사과 및 독립조사위 설치, 체포 시위대 전면 석방, 홍콩 행정장관 직선제 및 입법회 보통 평등선거 실시)'를 요구하며 벽돌과 쓰레기통, 금속으로 도로를 봉쇄했다. 힙우 거리 근처에서는 검은 옷을 입은 시민시위대가 벽돌을 던지며 경찰과 대치하는 상황도 벌어졌다.

이날 현재 홍콩이공대 캠퍼스 안에서 농성 중인 수십 명의 학생시위대는 외곽을 철두철미하게 포위한 경찰을 피해 필사의 대탈주를 감행하고 있다. 경찰의 포위망 탈출은 치밀한 작전을 세워 전개되기도 했으나 대부분 실패로 귀결됐다.

오랜 굶주림과 피로감, 부상, 저체온증 등으로 중도에 경찰에 붙잡히는 시위대가 많다. 경찰은 19일 600여 명의 홍콩이공대 시위대를 체포했다고 밝혔다. 결국 탈출로를 찾지 못한 일부 시위대는 스스로 경찰에 투항하는 경우도 나오고 있다.

문화일보 2019.11.20.

그곳은 먼 나라.

피가 흥건하고
끈적이고
신발이 쩌억 붙는 나라.

의무감에 웃옷을 들추어 보니
내 가슴에는 상처가 없고
소매를 걷어 보아도
소름이 돋지 않았다.

동족이 창자를 쏟는 동안
멀리서 풀을 뜯는 누처럼
먼 나라 사람이 부서지는 동안
나는 수확기를 놓친 감나무를 걱정했다.

피비린내가 닿지 않는
그곳은 먼 나라.
비명이 닿지 않는
그곳은 너무 먼 나라.

〈먼 나라〉

김순례, '5·18 망언' 징계 유보에 "겸허히 수용…"

'5·18 망언'으로 물의를 빚은 자유한국당 김순례 의원은 15일 당 윤리위원회의 징계 유예 결정에 대해 "겸허히 수용하겠다"라고 밝혔다.

김 의원은 이날 입장문을 내 "저의 부적절한 언어 사용에 대해서는 즉각 사과했고 앞으로 더 정제되고 심사숙고해 의정활동에 임할 것"이라고 밝혔다. 이어 "국가유공자 선정 의혹에 관련된 문제를 지적하고자 한 것이 본질"이라며 "향후 당과 국민들의 심려를 끼치지 않도록 자중하겠다"라고 약속했다.

그는 앞서 지난 2월 8일 국회 의원회관에서 열린 5·18 공청회에 참석해 "좀 방심한 사이 정권을 놓쳤더니 종북 좌파들이 판을 치며 5·18 유공자라는 괴물 집단을 만들어내 우리의 세금을 축내고 있다"고 말해 여론의 뭇매를 맞았다.

2019.02.15.

꼬리를 자르면

꼬리 없는 짐승이 되지

뿔을 자르면

뿔 없는 짐승이 되지

DNA를 따라

꼬리와 뿔은 다시 자라날 테고

느긋하게

하와이로 가 있으면 되지

짭조름한 피 맛이 간절할 즈음

돌아와 사람을 물면 되지

목욕을 하겠지

큰절을 하겠지

짐승은 짐승이지

사람은 아니지

〈짐승의 방식〉

비 내리는 정동길을 걸어요

장맛비가 이어지고 있습니다. 27일 서울에는 드문드문 장맛비가 내렸습니다. 이날 오후 정동길을 걸었습니다. 물웅덩이에 행인들의 모습이 비칩니다. 은행나무는 철을 잊은 듯 노란 잎을 떨구었습니다. 이화여고 담장 아래로, 캐나다 대사관 앞으로 형형색색의 우산이 지나갑니다. 정동길은 비 내려 운치를 더하고 있습니다.

ⓒ 경향신문

경향신문 2020.07.27.

사람도 흘러
섞이고
나뉘고
만나고
헤어지고

골목길로
거리로
범람하듯 쏘다니는
물처럼 무른 사람들.

축축한 외로움은
외로운 대로 두고

갈 사람은 어서 가서
어여쁜 이의 발목을 적셔라.

〈비 내리는 정동길〉

거리에서 파란 담요를 덮은 동물들이 발견된 사연

터키 이스탄불 거리 곳곳에서 파란 담요를 덮고 있는 개와 고양이들이 발견되고 있습니다. 영국 일간 데일리메일은 23일 떠돌이 동물에게 담요를 덮어주는 치과의사 후세인 유르트세븐의 사연을 전했습니다.

후세인과 그의 동료들은 퇴근 후 이스탄불 거리 곳곳을 돌아다닙니다. 찬 바닥 위에서 잠을 청하고 있는 동물들을 찾기 위해서죠. 후세인은 담요를 가지고 다니며 맨몸으로 겨울을 버티는 떠돌이 개나 고양이에게 덮어줍니다.

지역 상인들과 동물 애호가 주민들에게도 담요를 나눠주고 있습니다. 더 많은 고양이와 개가 겨울밤을 따뜻하게 보낼 수 있게 하기 위해서죠. 더러워진 담요를 다시 반납받을 수 있도록 연락처도 남겨두고 있습니다. 주민들이 동물들이 놓고 간 담요를 발견해 돌려주면, 담요를 세탁해 다시 떠돌이 동물들을 찾아 나섭니다.

국민일보 2019.01.26.

올겨울은 따뜻하겠구나.

어디선가 불 지피는 사람들이 있으니.

〈좋은 사람들〉

전국 흐리고… 내륙 오후 한때 비

현재 전국이 대체로 흐린 가운데 주말 동안은 비가 오겠습니다. 지금도 내륙 곳곳에 약하게 비가 오고 있는데, 오후 시간까지 한때 비가 더 내리는 곳이 있겠습니다.

내일도 새벽부터 낮 시간 사이에는 중부와 전북, 경북 지역을 중심으로 비가 오락가락할 것으로 보입니다. 비의 양은 가을비답게 무척 적겠고 구름이 잔뜩 끼면서 주말 낮 동안은 심한 더위가 없겠습니다.

오늘은 전국이 흐리겠습니다. 내륙에는 오후 시간에도 한때 비가 오겠고요. 남해안과 제주도에는 바람이 강하겠습니다. 물결은 제주 남쪽 먼 해상에서 최고 4m까지 거세게 일겠습니다. 날씨 전해드렸습니다.

2018.09.15.

날씨를 전해드리겠습니다.

인생의 오전은 맑고 화창하다가

오후에는 전국적으로 흐렸다가

내륙에는 한때 눈물이 쏟아져

가슴을 적시겠습니다.

남쪽 무릎에는 한때 강한 바람이 불어

조금 시큰거릴 수 있겠습니다.

오늘 낯기분은 예년 기분을 밑돌겠고

세상 물결은 남쪽 먼 해상으로부터

거세게 북상하겠으나

한번 이겨 보겠습니다.

날씨를 전해드렸습니다.

〈일기예보〉

군포·안양·인천 교회발 감염확산 계속

군포·안양·인천 교회발發 감염확산이 기세를 이어가고 있다.

3일 경기도에 따르면 이날 0시 기준 도내 누적 코로나19 확진자는 881명으로 전날(869명)에 비해 12명 늘어난 것으로 집계됐다. 이 가운데 교회발 감염자는 전체의 75%인 9명이다. 2일 교회발 감염자는 인천 개척교회 관련 5명, 안양군포 목회자 모임 4명이다. 인천에 있는 교회들의 경우 개척교회인 까닭에 신도수가 많지 않지만 집단감염이 발생한 수원 동부교회는 신도수가 400명에 달해 추가 감염 우려가 나오고 있다.

임승관 경기도 코로나19 긴급대책단 공동단장은 "생활 속 거리두기 체계 안에서 산발적 집단감염은 언제든 발생할 수 있으므로 잠시라도 경계태세를 놓아서는 안 된다"며 "마스크 착용, 개인위생수칙 등을 반드시 지키고, 가급적 외출이나 모임을 자제해달라"고 당부했다.

2020.06.03.

형제여 자매여.

지침에 따라

신은 멀리 계신다.

모여 울부짖지 말라.

그가 머무는 곳은

부흥회 합창조차 들리지 않을

아득한 광야.

그가 거리를 두었듯

여러분도 멀어져라.

그를

본받으라.

〈방역지침〉

‘사법농단’ 언급, 사법부 70주년 기념식

사법농단 의혹으로 대법원이 검찰의 수사를 받는 사상 초유의 사태 가운데 13일 ‘사법부 70주년 기념식’이 열렸다. 문재인 대통령은 이날 축사를 통해 “사법부에 대한 국민 신뢰가 뿌리째 흔들린다”며 사법농단에 대한 철저한 진상 규명을 당부했다. 또 “촛불정신을 받든다는 게 얼마나 무거운 일인지 절감하면서 그 무게가 사법부, 입법부라고 다를 리 없기에 우리는 반드시 국민 염원과 기대에 부응해야 한다”고 지적했다. 그러면서도 “이번에도 사법부 스스로 위기를 극복해낼 것”이라고 신뢰를 보냈다.

한편 김명수 대법원장은 기념사에서 “일선 법관의 재판에는 관여할 수 없다”며 사법농단 사건에 대해 잇따른 영장기각 문제를 피해갔다. 대신 “사법행정 영역에서 더욱 적극적으로 수사협조를 할 것”이라고 말했다. 김 대법원장은 “사법부를 둘러싸고 제기되는 여러 현안들은 헌법이 사법부에 부여한 사명과 사법의 권위를 스스로 훼손했다는 점에서 매우 참담한 사건”이라며 “최근 현안과 관련해 국민 여러분께 큰 실망을 드린 것에 대해 사법부의 대표로서 통렬히 반성하고 다시 한번 깊은 사과의 말씀을 드린다”고 거듭 사과했다. ‘최근 현안’이란 두루뭉술한 표현을 썼을 뿐 ‘재판거래 의혹’에 대한 직접적인 언급은 없었다.

2018.09.13.

어중간하기

흐릿해지기

검은 듯 흰 듯

하는 듯 마는 듯

눈치를 봐가며

시간을 죽이며

미끌미끌

설렁설렁

두루뭉술

대충

〈태만과 무기력〉

집값 싸게 나오면 '허위매물' 악의적 신고

집값을 올리겠다고 집주인들이 조직적으로 조금 싸게 나온 매물을 '허위매물'이라고 거짓 신고하는 일이 폭증하고 있다. 부동산 중개업체에서 가격을 낮게 책정해 매물을 올리면 허위매물로 모는 것이다. 허위매물로 확인되면 처음에는 일주일간, 두 번째는 2주일간 매물을 올릴 수 없고 세 번째는 공정거래위원회에게 통보하게 돼 있어, 공인중개사들은 집주인 얘기를 듣지 않을 수 없다. 집주인들은 사업자가 아닌 개인이기 때문에 현행법상 담합 행위로 처벌할 근거가 없다.

정부는 공인중개사법을 개정해 담합 행위로 처벌할 근거를 만들겠다고 밝혔다. 법 개정 전까지 벌어지는 집주인들의 허위매물 신고는 업무방해 혐의로 고발하는 방안을 검토 중이다. 아파트 주민들이 조직적으로 허위매물 신고를 통해 중개업소를 압박했다면 업무방해로 처벌받을 수 있다.

2018.09.10.

성장기의 악인들.

절호의 찬스를 기다리며
소박해 뵈는 낯가죽 밑에
흑심을 숨긴 채
기회가 오는 즉시
허약한 세상을 집어삼킬 생각으로
지레 전율하는
괴욕의 주인들.

변명은 천 가지.

기왕에 그들의 시간이
속히 오기를 소망한다.
흑마술로 불러낸 행운이
대로를 달려와
경비실을 지나
승강기를 타고
현관문 앞에서 고꾸라지기를.

〈열의와 악의〉

“폭염 사망자, 통계보다 최대 20배 많아”

폭염으로 인한 사망자가 보건당국의 집계보다 최대 20배가량 많다는 연구 결과가 나왔습니다. 홍윤철 서울의대 교수팀은 2006년부터 2017년 통계청에 등록된 14세 이상 사망자 313만 210명을 대상으로 기상 데이터와 사망 원인을 연결 지어 분석한 결과 1,440명이 폭염과 관련된 사망자로 나타났다고 밝혔습니다. 특히 폭염이 기승을 부린 2016년의 경우, 질병관리본부가 열사병에 의한 사망자 수를 17명으로 집계했지만 실제로는 이보다 20.1배 많은 343명이 폭염 때문에 숨진 것으로 집계했습니다.

연구팀은 이런 차이가 의학적으로 폭염에 기인하는 사망을 심각하게 과소평가해 분류하기 때문에 발생한 것으로 분석했습니다. 특히 폭염은 고령층과 사회경제적 취약계층에 더욱 큰 피해를 주고 있습니다. 재난이 된 폭염에 대한 정부 차원의 대책과 실행이 필요한 때입니다.

2019.08.10.

죽어도 꼼짝 못 하게
구워삶은 이 누군가.

가난이 죄라지만
과한 벌이 아닌가.

쥐구멍 같은 창밖
서슬 퍼런 하늘을 보노라니

내 짚이는 구석이 있어
쓴웃음을 짓는다.

하느님,
당신이죠?

〈구워삶기〉

장독대에 소복이 쌓인 눈

장독대마다 흰 눈이 소복이 내려앉아 있다.

ⓒ뉴시스

2018.11.24.

세상 어디든

누군가는 죽은 자리

갈팡질팡할 필요 없다는 걸

함박눈은 알고 있다

다짐했으리라

내려앉은 자리에서

작은 봉분이 되기로

긴 겨울이 끝나면

거기에서 울기로

〈봉분〉

김정은, "가까운 시일에 서울 방문 약속"

문재인 대통령과 김정은 북한 국무위원장이 19일 가까운 시일 내에 김 위원장의 서울 방문을 추진하기로 했다고 밝혔다.

문 대통령과 김 위원장은 이날 오전 평양시 백화원 영빈관에서 이 같은 내용을 담은 '9월 평양공동선언' 합의문에 서명했다. 김 위원장은 합의문 서명식 직후 열린 기자회견에 참석해 "나는 문 대통령에게 가까운 시일 안에 서울을 방문할 것을 약속했다"면서 "우리는 분단의 비극을 한시라도 빨리 끝장내고, 분열의 한恨과 상처가 조금이라도 가실 수 있게 하기 위해 평화·번영을 위한 성스러운 여정에 앞장서서 함께해 나갈 것"이라고 말했다.

2018.09.19.

발이 닿아야 걸음이 된다.

걸음이 오가야 길이 된다.

홀로 오가는 길은

오솔길이 되지만

벗들과 오가는 길은

대로가 된다.

부지런히 오가자.

길을 넓히자.

〈길〉

가을 하늘이 유난히 더 파란 이유

물감을 뿌린 듯 청명하고 파란 가을 하늘. 다른 계절보다 가을 하늘이 유난히 더 파란 데는 이유가 있다. 바로 '빛의 산란' 때문이다.

태양 빛은 공기 중에 떠다니는 산소와 수소·질소·수증기까지 미세한 입자와 부딪혀 사방으로 빛을 퍼뜨린다. 이때 색깔 중에서도 파장이 짧은 파란색과 남색, 보라색 등 자외선 부근 색이 훨씬 많이 퍼지는 산란 현상을 일으킨다. 특히 파란색은 보라색보다 우리 눈에 더 자극적이기 때문에 하늘이 파란색으로 보이는 것이다.

그럼 가을 하늘은 왜 더 파랗게 보일까. 보통 9월 이후 양쯔강 기단의 영향을 받은 '이동성 고기압'의 영향권에 들게 되는데, 이 영향권에서는 지상의 수증기나 먼지가 하늘 높이 올라가지 못한다. 때문에 다른 계절보다 하늘에 수증기와 먼지가 적어 산란이 잘되는 파란색이 더 선명하고 파랗게 보이게 된다.

하늘이 붉게 보이는 노을도 빛의 산란에 의한 것이다. 해 질 무렵, 태양 빛이 지구에 도달하는 거리가 낮보다 더 길어진다. 따라서 태양 빛이 대기권을 투과하는 초기에 산란이 잘되는 파란색은 이미 산란을 일으키고 사라진다. 이후 파장이 길어 산란이 적게 되는 붉은색 계열의 빛만 지면에 도달한다. 그래서 노을이 붉게 보인다.

뉴스1 2018.09.30.

가을이 깊어지니
하늘도 높아지네요.

하느님도 높아지셨을 테니
내 쬐그만 외로움은 보이지 않을 테지요.

죄를 짓겠습니다.
제법 큰 죄를.

서슬 퍼런 시선을 피해
하늘이 붉어지기를 기다려
연애를 하겠습니다.

벼락을 맞으면
허락으로 알겠습니다.

〈화창한 계절에 사랑을 하자〉

‘사육곰 보금자리 프로젝트’가 시작된다

한국은 중국과 함께 2018년에도 여전히 반달가슴곰의 쓸개를 팔 수 있도록 허용하는 단 두 개의 나라입니다. 2005년 환경부에서 정한 〈사육곰 관리 지침〉에는 “쾌적하고 깨끗한 환경에서 최소한의 생존권을 유지할 수 있는 적정한 사육시설”이라는 앞뒤가 맞지 않는 수사를 쓰고 있지만, 권고사항일 뿐 관리 감독하지 않습니다. 우리가 하려는 활동은 당장 좁은 우리에서 목숨만 붙어 있는 540여 마리 반달가슴곰을 구조해 이들의 자연 수명이 다할 때까지 보호하는 것입니다. 건강에 위해가 없도록 양질의 먹이와 물을 충분히 공급받을 것입니다. 곰들이 별과 바람을 느끼고 싶을 때는 나갈 수 있고 눈과 비를 피하고 싶을 때에는 들어가 웅크리고 있을 것입니다. 수의사가 상주하며 곰들의 질병을 예방하고 사고에 대처할 것입니다. 곰들끼리 싸우지 않는 방법을 배우고 서로에게 또 사람에게 감정을 드러내어 소통하게 될 것입니다.

ⓒ 한겨레

한겨레 2018.11.15.

높다란 산비탈에서
탁 트인 하늘을 보고 싶다.

풀려난 곰들이 옹기종기 모여 하늘을 보는 건
아무래도 가여운 모습일 테지만

창살에 쪼개지지 않은
온전한 하늘을 볼 수 있다면

쪼개지고 흩어진 정신도
온전히 돌아올 것을 믿기 때문이다.

하지만 지금은 하늘을 잊어야 한다.
제자리를 돌며 정신을 잃어야 한다.

갇혀 있는 한 끝 모를 고통을 잊기 위해
머리를 흔들어야 한다.

그날이 올 때까지.

〈오지 않는 날〉

영양군 자작나무 숲… 국유림 '명품숲' 선정

경상북도 영양군 수비면 죽파리 '자작나무 숲'이 산림청이 지정하는 국유림 명품숲에 선정됐다.

이곳은 1993년 인공적으로 조림된 자작나무가 30ha 규모로 숲을 이루고 있으며 새하얀 나무에 푸른 잎이 매력적인 경관을 자랑한다. 특히 청정 자연을 그대로 간직하고 있어 사진작가들과 트레킹을 좋아하는 여행객들에게 인기가 높다.

경상북도는 남부지방산림청, 영양군과 함께 '영양 자작나무 숲 권역 활성화'를 위한 업무협약을 체결해 이에 따라 산림청은 자작나무 숲길 2km를 조성 중이다.

2020.06.12.

마음이 굵어질 때까지
자리를 지켜야 한다.

하아얀 몸으로
스을픈 잎으로

알몸도 한데 모이면
견딜 만한 것이 되고

슬픔도 한데 모이면
버틸 만한 것이 된다.

삶은 규격이 없으며
단지 목마를 뿐.

마음이 높아질 때까지
자리를 지켜야 한다.

하아얀 몸으로
푸으른 잎으로

〈자작나무 숲〉

"은둔생활 오래되면 말하는 방법도 잊어버려", 방 안에 갇힌 청년들

"깨어 있는 시간의 90%는 계속 컴퓨터만 했어요. 아무것도 안 하면 나 자신을 직시하게 되니까요."

"연속으로 3~4개월 정도 집 밖으로 안 나갔어요. 그나마 방문 열고 나가는 것도 화장실에 가거나 물 먹으러 가는 거지. 가족 얼굴 보기가 너무 미안했어요. 그래서 더욱 못 나가게 되고…"

사회생활에 대한 모든 자신감과 의욕을 잃고 방 안에 스스로를 유폐한 사람들, 일본에서는 '히키코모리'라는 사회현상으로 개념화된 이들을 한국에서는 '은둔형 외톨이'라 부른다.

히키코모리가 되는 과정은 '방에 틀어박히고 싶어서 틀어박힌 것'보다는 '갇히는 것'에 가깝다. 직장을 잃거나, 취직에 실패하거나, 학교를 그만두는 등 정상적인 사회생활과의 단절은 겪은 뒤 자신감 상실 등으로 세상과의 접촉을 차단하게 된다.

이와 같은 히키코모리 청년들은 국내에 얼마나 있을까. 일찌감치 교실 붕괴와 이지메 등의 문제를 겪으며 히키코모리 문제를 국가적으로 다뤄온 일본과 달리, 한국에는 정확한 통계조차 없는 실정이다.

경향신문 2019.09.18.

다들 살아 있다.
호객하는 소리
흥정하는 소리
씻나락 까먹는 소리
와장창 부서지는 소리

사이렌 소리
헐떡이는 소리
웅얼거리다가
들썩이다가
영영 막내 울음소리

빗소리
낙엽 소리
문상객 바지 스치는 소리
얼마 넣어야 되나, 하는 소리
술주정하는 소리
젖먹이 하품 소리

나는 캄캄한 방에 엎드려
밖으로 이어진 명주실 한 가닥을 귀에 묶는다.
오늘 별 탈 없이 갔구나.

이불 덮는 소리

눈꺼풀 감기는 소리

박자를 놓친 심장 소리

자갈밭 같은 숨소리

살아 있다!

아직 살아 있다!

〈은둔〉

3부

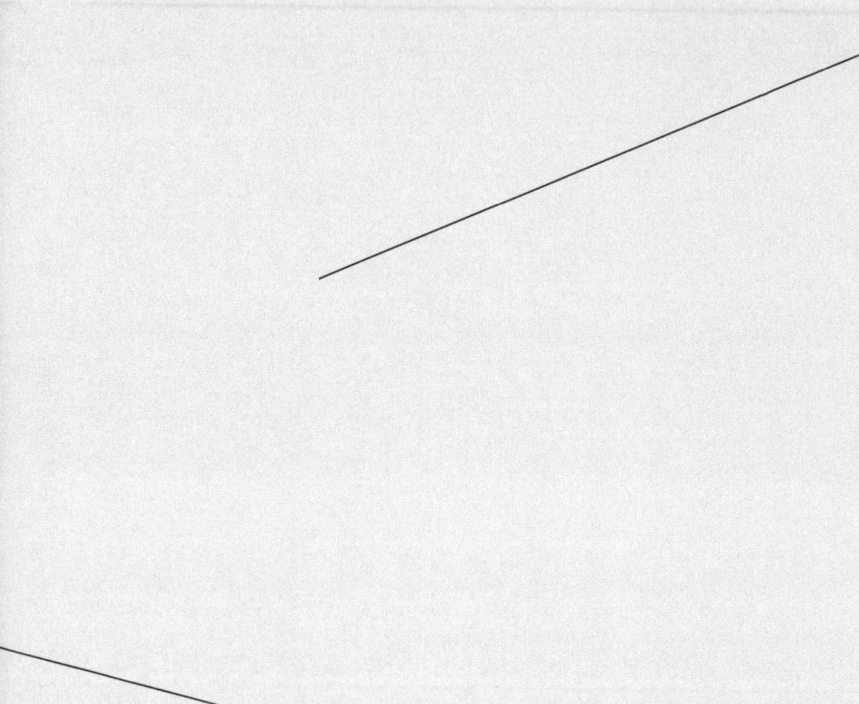

그리운 것은

다들 멀리에 있다

반신욕

구름빛 욕조에 일생을 담그고
천천히 무릎을 세우면
서로를 잘 아는
두 개의 섬이 생겨났다.

세상에 몸처럼 가여운 것이 없고
오늘도 세상은 냉랭하였지만
따뜻한 아로마 향 바다는
타박상 입은 주인을
온종일 기다려주었다.

귤을 까먹으며
해무 자욱한 섬 사이를
오래도록 오갔다.

외로움은 더 이상 문제 되지 않는다.
손 뻗으면 닿는 섬이
나에게 있다.

혼술

전쟁에서 패하고

참호에

홀로 남은 아버지

짝이 없는 젓가락

소주 한 병

김치 한 조각

홀짝이네.

훌쩍이네.

효율적 기쁨

저개발 세대가 한탕 끝낸 거리에서
작은 기쁨을 줍는 일은
확실하기만 하다면
그런대로 쏠쏠한 재미.
요즘은 먼지 없는 하늘에 유인된다.
곱게 늙은 골목에 유인된다.
다이소에 유인된다.
좋아요를 교환하고
치맥을 즐기는 동안만큼은
극락에 근접하는 너나없는 체험.
서빙하는 또래 눈빛에서는
유럽에서 만날 것 같은 예감이.
그도 타인을 학습하며
실현 가능한 기쁨에 입문하였으리라는 심증이.
서로가 얼마나 외로운지는
죽어도 비밀.

#저성장#소확행#SNS#도파민

곶감 만들기

당신이 말라 죽기를 바랐다.

목마름에 혼절하면서도
천진한 나를 염려했겠지만,
살아서 달콤함을 맛본 자는
천국에 갈 수 없음을
이미 나는 알고 있었다.

눈 내리는 밤에
길이 끊긴 산중에

처마 밑을 더듬는 침침한 손끝에
잘 무른 살덩이 하나 닿기를 바라며
가을 밤낮 가죽 벗긴 짓은
생각만 해도 즐겁다.

가을맞이

해변을 걷는 연인은
세상을 바꿀 수 있지만
계절의 순환은 어찌할 수 없습니다.
어떻게든 여름 가고
가을입니다.

나는 장롱에서 꺼낸 스웨터가
느린 호흡으로 깨어나기를 기다려
하늘을 보느라 차가워진 얼굴을
그 품에 묻겠습니다.

얼굴이 스웨터를 통과하는 동안
콧등을 때리는 작은 낙뢰를
환영하겠습니다.
여름날의 아쉬움을
잊겠습니다.

목욕

죄를 씻는 시간.
아플수록 기쁜 고난주간의 원리주의자처럼
로마산 타월로 제 몸에 찰과상 입히는 시간.

처벌을 마치고 성수를 부으면
도망치듯 몸을 떠나는
콩비지만큼 창백한 죄의 낯빛.

거듭난 몸뚱이를 거울 앞에 세워놓는 보람도 잠시.
뿌듯함은 번번이 지나쳐
다시 간절해지는 죄의 즐거움.

안일한 마음으로 길을 나서다 힐끗 보면
돌아앉아 제 죄를 감당하고 있는
동일범들의 등짝.

재범을 밥 먹듯 저지르는
산다는 것의 뻔뻔함.

다시 걷기

함께 밥을 먹읍시다.
넉넉한 반주로
상한 마음을 게워내어
속병을 치료합시다.

다시 걸어봅시다.
작은 물병을 들고서
멀리는 말고
사거리까지.

해볼 만했다면
다음 사거리까지.
그렇게 서너 번 너덧 번 가다 보면
어렵다는 세상 종주를
해낼 수 있을 테지요.

시공의 틈새로 먼 데 사는 당신을 봅니다.
머리가 희고 주름이 깊은,
비록 부자는 못 되었으나
눈매가 극락 같은 여든일곱 살.
나는 당신이 해낼 줄 알았습니다.

고구마

고구마는
세상에서 가장 슬픈 음식이다

겨우 한 입에
이토록 목이 메는 걸 보면

튜닝; 위선을 조지는 밤

나쁘게 살았으니
나쁘게 살았다고 말하자.
구질구질했으니
구질구질했다고 말하자.

거리에서 주워 모은 내 자아가
지금껏 졸렬하게 군 건
알량한 체면 때문.

오랜 벗들은 아시다시피
내 즐겨 찾던 곳은
지옥의 언저리가 아니었던가.

개차반 시절도 있었으니
천당 가긴 글렀음을 인정하자.
단, 괴물은 되지 않았음을
분명히 하면서.

그거참,
다행이라 여기면서.

사시나무

나는 나무 소속이다.
뿌리내린 체념 소속이다.
용케 새순이 돋고
잎이 무성하고
단풍 드는,
나에게는 나보다 나를 잘 아는 새가 있고

너는 바람 소속이다.
미확인된 성공 소속이다.
지금도 구름을 쫓아
날아가고
날아가는,
너에게는 나보다 너를 모르는 하늘이 있고

감정을 죽여 발밑에 묻었지만
두서없이 뿌리에 스며
이따금 나무를 흔들고,
나는 정말 아무렇지 않은데
새가 울고

좋은 날

살아 있다는 것은
가능성이다.
울 수 있다면
웃을 수도 있으리라는.

만날 우울한 얼굴도
움푹한 볼 안에는
어머니 자궁에서부터
웃을 줄 아는 근육이 구비되어 있다.
그러니 영영 웃을 수 없노라는
체념은 섣부르다.

귀와 가까운 그것은,
턱과 어울려 밥이나 축낸다고 여기는 그것은,
예컨대 그리운 벗이 전화를 걸어오는 날
시무룩한 입꼬리를
귓불 곁으로 끌어당길 것이다.

반가운 목소리
함께 듣자고.

행려

그는 쓸쓸함을 몰고 오는 사람이다.
한 무리 낙엽을 거느리는 사람이다.
그가 여름을 견딜 수 있었던 건
그늘이 깊은 플라타너스 덕분이었다.

추위와도 친분이 깊은 그는
짧은 바짓단 밑으로
일찌감치 겨울을 불러들였다.
서리가 엉긴 머리칼을 쓸어넘길 때마다
겨울이 깊어졌다.

담배가 떨어지고부터는
버석거리는 손에
그을음이 짙어 갔다.
하느님의 휴가가 길어지고 있을 때였다.

그의 사인은 불분명하다.
다만 길 위에 눕는 것은 무엇이든
해석의 여지없이 소각된다는 소문이 돌고 있었다.
동무를 잃은 낙엽들이 우물쭈물 흩어진 것도
그 무렵이었다.

관계의 각도

지구는 둥급니다.
때문에 멀리 떨어진 우리는
서로 다른 각도로 서성입니다.
사랑은 면밀히 계산되지만
번번이 어긋납니다.
당신은 지구 반대편에 살고 있고
이곳과는 다른 각도로 쏟아지는 햇빛을 받으며
수직으로 서 있습니다.
이제 와 근황을 묻는 건 무의미합니다.
지낼만합니까.
당신은 북극성처럼 존재하지만
좀처럼 찾아갈 수 없습니다.
거듭 말하지만 지구는 둥글고
사람들은 거꾸로 매달려 있다는 사실을
인정하지 않습니다.
알게 뭡니까.
다행히 우리는 닮은 구석이 있어서
고집을 접을 수만 있다면
다시 거리를 좁히고
아예 끌어안음으로써

외로움의 각도를 좁힐 수 있겠습니다.

다시 올 성탄 전야에는

함께 수평을 이룰 수 있겠습니다.

환절기

한 해가 저물 무렵이면

어머니는 어깨를 움츠려

가슴이 바스러지는 소릴 냈다.

당신은 영영 겁쟁이가 된 걸까.

아버지는 죽었잖아요. 이제 그만 잊으세요.

아니다, 얘야. 어젯밤에도 네 아버지가 나를 때리던걸.

그건 꿈일 뿐, 지금은 제가 있잖아요.

내가 모를 줄 아니.

떨어진 낙엽을 너그러이 봐주는 날도 한철일 뿐

결국 아무렇게 치워지잖니.

그러니 내가 죽으면 깨끗이 화장하려무나.

사는 동안 바짝 울어두었으니 연기 없이 훌훌 탈 게다.

어머니, 저는 낙엽을 태우지 않겠어요.

바스러지게 밟지도 않겠어요.

시간이 다하기를 기다려 모든 것이 끝난 후

나의 길을 가겠어요.

앓고 떠나는 몸살처럼 슬픔도 한철인걸요.

발을 내놓는 잠버릇

몽유병자처럼 이불 밖을 배회하다
새벽녘에 돌아온 발.

먼 나라 눈을 밟고 왔는지
동상의 흔적이 있다.

초가을에 겨울을 만나러 갔다는 건
서럽다는 증거.

내 잠버릇으로 인해 외로웠을 그를
이불 속으로 불러들인다.

식은 뺨을 베갯잇에 비비며
혼미해지는 동안에도

시린 발은 좀처럼 누그러지지 않는다.
나는 허깨비처럼 중얼거린다.

올가을도 잠깐이겠군.

가득하다

나뭇잎이 땅에 닿기까지
오롯이 지켜본 이가 몇이나 될까?
우리는 보지 못한 것을 본 것처럼 말하는
불량한 습성이 있다.

술 약속을 깨자.
잠자코 가로수 아래에
눈도 깜빡 말고 서서
낙하의 전 과정을 지켜보자.

잎이 가지에서 분리된 이 순간,
비로소 나뭇잎은 낙엽으로 불리고
우수가 깃든 소품이 되었다.
머잖아 헤어지는 연인의 발밑에서
눈물 대신 기념할 만한 소릴 내주리라.

짧은 활공 그리고 착지.
그 사이에 우리는 인생을 살았다.
새 생명이 태어났고, 누군가의 일생이 끝났다.
삶에 생략은 없으며
세상에 빈 것은 없다.

가을이 오다

거짓말처럼 가을이 왔습니다.
오죽했겠습니까마는,
입간판이 넘어진 것은
바람에 진심이 실린 까닭이겠지요.
선풍기를 닦는 주인 얼굴이
죽은 사람처럼 평온합니다.
다들 한시름 놓았습니다.
비가 서너 번 더 내리면
기록적인 더위는 옛날 얘기처럼 시들해질 테고
고열에 시달리던 밤이
외려 그리울 날 있겠지요.
가령 혹한의 성탄 전야에
부둥켜안은 연인 곁으로 귀가하는
홀몸의 질투처럼.

별일 없는 하루

아무런 일도 일어나지 않는다는 건
실은 안간힘을 쓴다는 뜻이다.

지금도 마천루와 전봇대는
쓰러지지 않으려 사력을 다하고 있다.

수력댐과 고가대교도
무너지지 않으려 진땀을 흘리고 있다.

평안은 뉴스가 되지 않으나
별일 없는 날을 나는 사랑한다.

행인들의 따분한 얼굴과
그들이 버티어낸 하루를 사랑한다.

확정하는 어려움

두부를 자를 수 없습니다.
무를 자를 수 없습니다.

세상은 똑똑하고 대담한 위인들이
앞다투어 정의 내린 것투성이지만

확신하지 못합니다.
판단을 유보합니다.

형체가 흐릿합니다.
경계가 불분명합니다.

나는 나 자신조차 규정짓지 못하므로
단언할 수 없습니다.

똑 부러지지 않습니다.
그런 것 같습니다.

말꼬리가 흐려집니다.
그런 것 같습니다.

해갈

나는 목마른 사체.
계곡까지 열 걸음을
산짐승은 하필
다리를 물고 갔네

목이 탄다
비야 내려라
목이 탄다
비야 내려라

산을 넘는 먹구름에
섬광이 일고
천둥소리 도착하기 전,
하늘 향한 얼굴에는
입술이 없네

콰광!!!

이 얼마 만의 웃음이냐

싫어서 그랬어

우리는 다들 싫다

싫어서 사진을 지우고
싫어서 밥을 먹고
싫어서 새 옷을 사고
싫어서 소개팅을 하고
싫어서 퇴짜를 놓고
싫어서 가로수길을 걷고
싫어서 술에 취하고
싫어서 거울을 부수고
싫어서 밥을 굶고
싫어서 담배를 배우고
싫어서 뺨을 치고

전화기를 든다
이 깊은 밤에

고양이를 위한 결말

차에 치인 들고양이
죽어가고 있었다.

먼길 오가며
밥 주고 약 주니
오래지 않아 걷고 뛰고
웅크리고 하품하고
기지개 켜고
이빨 보이고
발톱 세우고

가여운 것.
너는 완치되었다.
가서 약자를 죽여라.

삼각관계

산소 하나에

수소 둘

이러니 베갯잇이

젖을밖에

외출

문을 나서면
거침없는 봄볕이다.
잠시 멈추어 서되
눈 위에 그늘을 만드느라 손을 쓰지 말자.
갱도를 나온 광부처럼
쇄도하는 빛을 환영하자.
꼼짝 말자.
세상사에 접질린 마음에
따가운 광선이 침 놓을 수 있게
얌전히 굴자.
창백한 얼굴이 그을리는 건 권장할 만한 일.
도대체 얼마 만인가를 헤아리며
공연히 자책 말자.
내일도 봄볕은 쏟아붓고
새 술친구를 발굴해도 이를 만큼
삶은 여전히 아득하니까.

천성

빈 병에 설탕을 부을라치면
희고 완만한 언덕이 될 뿐
뾰족이 높아질 새 없이
아래로 옆으로 흘러내린다.
이유는 입자에 있다.
알갱이 하나하나가
함께 높아지지 못할 바에는
함께 낮아지기로 하는
그 무구한 천성.
설탕은 차오를 테고
이들이 어떤 맛일지는
말할 필요가 없다.

그리움의 거리

그리운 것은

다들 멀리에 있다

강 건너

산 너머

바다 건너

하늘 너머

그리움의 크기가

거리와 무관하다면

어째서 가까운 것은

그리워 않는가

엎어지면 코 닿을

나는 어떠냐

차선책

견딜 수 없이 외로운 날에는
밖으로 나가
땅바닥에 두 손을 붙이자.

눈을 감고,
대지로 하여금
아무라도 연결되었음을
믿기로 하자.

송별

운구차 뒤로 멀어져 간 세상이
작년과는 다르다지만
우리에겐 아직도 해줄 말이 없다

얼버무리는 자와
변명을 고안해낸 자와
기어코 자리를 지켜낸 자들은
건강하다

할 수 있는 것이라고는
추도문이 낭독될 때
우리의 울음이 한발 늦으면 어쩌나
염려하는 것뿐.

우박이여 쏟아져라
비야 내려라
축대여 무너져라

후련하게 떠나시라고
풍경이여 돕자

벚나무 아래에서

쏟아지는 꽃잎을
화관처럼 이고 선
중년 부부.

미간이 깊은 여자는
좋으면서 어색했고
손이 거친 남자는
미소를 지어 보이느라
애를 먹고 있었다.

살 날이 많지 않은 사진사는
울 날이 많은 두 사람을
기다려주지 않았다.

찰칵

새파란 연인이 자리를 바꾸어 섰고
나는 전화를 걸었다.

누이야 나와라
봄꽃 다 지겠다

백치에게

배를 건지던 날
겨울은 구치소로 사라졌다
하지만 항구에서 기다리는 이들의 눈꺼풀 위에는
눈보다 서러운 것이 쌓여 있어
무너진 가슴 어딘가로부터
황소바람이 들이쳤다

수습될 우리의 사랑은
눈 감을 수 없어 서러우리니
흙을 씻어내는 동안 흘러내리는 것은
무엇이든 눈물로 쳐줌이 마땅하다

몇 번의 실신과 통곡이 잦아들 새벽녘에는
반성을 거부하는 백치에게
편지를 써보내야 할지도 모르겠다

봄을 망친 자여, 못난 우두머리여
기도하라
돌아온 내 사랑의 어금니에
용서가 남아 있기를

오래된 배우

잎이 쏟아지는 거리마다
만연했던 사랑이여

애인을 태운 버스가
시야에서 사라질 때까지
구천 번 주고받은 눈빛이여

차창 밖으로 흔들린
작고 철없는 손이여

집으로 가는 발밑에 흩어진
한나절의 기쁨이여
투덜댔던 걸음이여

다 지난 일이여

공원에서

쭈뼛거리며 벤치에 앉은 두 사람은
사랑하게 되어 있다.
이내 구부러지는 눈매와
빨라지는 말투와
고조되는 직박구리 울음소리와
어색한 공기를 바삐 몰아내는 손짓과
동문서답에도 끄덕이고 보는 고갯짓과
귓불을 향해 뺨을 가로지르는 입꼬리와
흐린 하늘을 환하게 하는 앞니와
멍청한 눈빛과
둘 사이를 적절히 오가는 미풍과
오! 서로의 체취는 오늘에 알맞다
무엇보다 십오 분 만에 둘 사이의 거리가
은근슬쩍 좁혀졌다는 사실과
소행성 충돌이 임박했다는 속보에 상관없이
어울리는 두 사람이 엮이었으면 하는
건너편 벤치의 내 바람 때문이다.
일어나 자리를 떠날 때에는
손을 잡아라.

냉이꽃

한 달 만에 찾은 엄마 얼굴이
폭삭 늙었다

팔아치우기로 한 밭뙈기
정 떼러 나갔다가
냉이꽃에 정신 팔려
깜빡, 서너 달
잃어버리신 게다

꽃만 보다가는
엄마만 손해다

고독사

지독한 밤에,

갓 지은 밥 위로 냉수를 부으니

물은 물대로

밥은 밥대로

미지근히 섞이는 서로가 좋았다

뿌옇게

방정 같은 것이 일었다

그는 짜디짠 간장이 유일한 반찬임을

서러워하기는커녕

태양이 식어가는 순간에도

밥알 세는 일이 세상에서 가장 중요한 일이었다

오래지 않아 밥알은 탱탱히 살 올랐고

쉰 살을 넘지 못한 육신은

떠날 채비를 마쳤다

개울 너머 눈밭을

발자국도 없이 오는 이여

이 몸이 식기 전에 오소서

함께 아침을 먹읍시다

귀가

오늘도 불 밝힌 창문에
숨결이 서리었습니다
다행입니다
귤은 조생종이면 좋고요
살얼음이 앉은 언덕을
조심조심 오세요
잡곡 넣어 구수한 저녁밥은
칙칙폭폭 다 돼 가고
당신이 좋아하는 두부조림도
조글조글 간이 배 갑니다
우리의 알뜰함을 증명할 고지서는
아침 일찍 도착했고요
젖비린내 가득한 방에서는
아가의 꿈이 멀리 갔네요
깨어도 좋으니
당신만을 위해 열린 문으로
어서 들어오세요
긴 하루였습니다

천국김밥

노부부가 천국으로 들어갔다.

한 줄 김밥을 서로의 입에 넣는 것으로

두 사람의 오후는 구원받았다

김이 밥을 안은 것처럼

빈약한 서로를 감싸며

크게 터진 적 없이 한세상 살다 간다면

그것으로 감사할 일 아니겠는가

'고생하지 말고 죽음은

김밥의 단면처럼 단호히 오라'

해와 사랑은 길어져가고

김밥만이 짧아진 지금

남은 하나를 놓고 거칠게 도지는

한국의 미덕

계산은 내가 할 테니,

문지기여 보게나

저 한 쌍의 성자를

1인 시위

땡볕 아래에서 외치는 저 사람
목이 쉬었네.
애간장 녹여 만든 진심을
넉 달째 던지고 섰지만
귓구멍이 좁고 심드렁한 행인의
귓등만 맞히고 있으니
딱하다 저 사람.

해줄 수 있다면 마른 목을 맥주로 적셔
부푼 핏대를 진정시키고
손목 잡아 그늘에 앉힌 다음
허울뿐인 정의는 없는 셈 치면 어떻겠냐고
툭 치며 말해봐야지.

여하간 빈속에 들이켜는 고량주처럼
녹록잖은 날들만 집 안 가득 쌓였을 테니
김 형, 이러지 말고
내가 봐둔 괜찮은 술집에서
해장국의 창조주가 부활을 명하는 늦은 아침까지
같이 한번 죽어보는 거
어때요.

암시

평상에 앉은 여인들이
나지막이 이야기하고,
마을로 숨어든 대남방송이
사상범을 수소문하는 동안

아이는 뱃전 같은 어머니 무릎에 누워
한 무리 별을 좇았다.
다시 못 볼 밤하늘을
두고두고 떠올리려고
소쩍새 울음을 심어두었다.

별이 그득한 눈이 닫힌 후
뱃전이 흔들렸고,
어머니는 눈가를 훔치고는
아이를 별처럼 안아 집으로 들어갔다.

소쩍새만 울어준다면
그 밤이 떠오르련만,

이놈의 도시

느린 동행

횡단보도 앞에서
자전거 벨 소리에
그러쥔 손이 단단히 다물어진다면
어머니는 늙으신 거다.

병원 가는 길에
이 빠진 보도블록을 보고
가슴이 철렁했다면
어머니는 늙으신 거다.

시간이 개처럼 달려도
한없이 느려지는 걸음처럼
어머니,
저승에도 꼭 그렇게만 가십시다.

당신은 사람이 살 만한 별이다

보름달 같은 이마에

착륙하겠습니다.

나의 임무는 맹목적입니다.

외로운 생애를 싣고 가

당신의 세계에 정착하겠습니다.

월면차를 타고

깃발을 세우고

껑충 뛰어오르고

파 내려가

마침내 물을 발견하기까지

깊고 깊은 소망을 전한 후

응답해주신다면

비행선을 부수겠습니다.

당신에게서

돌아오지 않겠습니다.

서리태 고르기

야맹증이 없는 누구라도
밤의 입자를 솎아내는 일은
지루할 새 없는 즐거움

손끝에서부터
시나브로 어둠이 물들고
눈마저 어두워질 즈음이면
칠흑 같은 밤이
어느덧 두 가마

별은 어디에 있나, 보면
서리태 한 알 또르르 달아날 때
누이 눈 속에 반짝

좋을 때다

연인의 시선은

나긋한 깃털

바라만 보아도

타는 간지럼

봉숭아

첫눈을 기다리며

물들겠다.

나쁜 친구처럼

물들어

사랑을 유인하는

헤픈 손버릇이 되겠다.

나비여도 괜찮아

온종일 나비를 외친 건 소년이었으나
정작 그를 불러 세운 건
키 작은 패랭이꽃이었다.
사춘기 소년은 사랑이 궁금하여
울타리를 넘었다.
나비가 꿀을 들이켜는 동안
꽃은 조금 휘청거렸고
소년은 처음으로 취기를 느꼈다.
붙들려가는 차 안에서
사람이 그래선 못 쓴다는
꾸지람을 들었으나
차창 밖으로 내민 손이
바람 속을 능란하게 날고 있었다.
어째서 내가 사람인가.

승천

얼음장 같은 하늘에
만년설이 떠내려가고
맹금류가 선회했다.

남자는 토끼를 죽이러 떠났다.
발자국을 좇아
캄캄한 숲을 통과하니
높다란 눈 언덕

토끼똥이 뜨겁다.
멀리 가지 못했으리라 마는
옴폭한 발자국이
언덕 위에서 사라졌다.

그는 멀리 가지 못했을 거야.
하느님… 오, 하느님
나도 데려가 줘요.

해송

늙은 그가 서 있다.

속마음이 궁금하여
청진기를 대봐도
고요하다.

그는 청청하며
악어의 외피를 가졌으되
희멀건 뱃가죽 같은 건 없다.

그의 역사는 단단하다.
눈비에 젖어 물러질 만도 하였으나
해풍에 맞서 육체를 단련했다.

나보다 오래 산 그를
마땅히 우러르면서도
굽은 몸 한 귀퉁이에는
안일한 속살이 있지 않을까 싶은데,

아니다.
저 악쓰는 옹이.

고양이와 일요일

당신은 고양이만큼
친해지기 어려운 사람입니다.
또한 움직임에 반응합니다.
나는 부단하고 유려한 운율로
예민한 시선에 사로잡히려
애를 썼습니다.
사랑이란
주전자를 높여
낮은 곳으로 흘려보내는 일.
서로가 좋다면
굴욕은 없습니다.
일요일 정오에
가만히 앉아 있는 당신을
대접하겠습니다.
햇빛 부서지는 발등에
입 맞추겠습니다.
덕분입니다.
많이 배웠습니다.
오늘도 고양이 낮잠 같은 하루였습니다.